# Raíces
# de
# Mujer

LUISA GARCÍA MARTÍNEZ

Título original: Raíces de mujer

Primera edición: julio 2019

© 2019, Luisa García Martínez

© Cubierta: Luisa García Martínez

© Corrección: Celia Arias

ISBN: 9781077362437

galui30@gmail.com

# INDICE

## ENCABEZADO

Y creció su cuerpo,
su alma y su mente.
Apoyada en fuertes raíces,
ganó la batalla al sufrimiento,
al abandono.

Y volvió a pisar su tierra,
tierra que dio sentido a la vida,
al amor, a la esperanza.

Y se perdió en su mirada,
en sus brazos, en su esencia...
Sin reproches ni lamentos
solo un brindis
con una copa de vino
para abrirle camino a los sueños,
para allanar el terreno del miedo,
para saborear las mieles del éxito.

Maltrataron sus inicios,
pero la salvaron sus raíces.

## Capítulo 1

3 de agosto de 2019

De: bodegasvillagalves@outlook.es
Para: saravillagalves@gmail.com

Querida Sara:

Siento mucho interrumpir tus quehaceres, pero tu hermano se encuentra gravemente enfermo y es necesaria tu presencia en casa lo más pronto posible.

Saludos

Sara se quedó impactada tras encender el ordenador de su despacho aquella mañana de lunes y encontrar un breve pero desconcertante correo de su tata. María había cuidado de ella desde el día en que nació. Hoy, es una mujer mayor, reacia a aceptar que, para la gran mayoría de la gente, la tecnología supone más que una ventaja. Estaba claro que alguien la había ayudado a escribir aquel mensaje y, al parecer, no podía ser su hermano.

Su hermano, Raúl. Hacía mucho tiempo que no pensaba en él. Según las palabras de María, estaba enfermo. ¿Qué podría ocurrirle? Buscó en sus recuerdos el último momento agradable que habían vivido juntos; no apareció ninguno.

Levantó la vista y leyó la fecha de entrada del correo: viernes, 3 de agosto. Ese día había dejado el despacho media hora antes de recibirlo y, en un intento de desconectar por completo de su trabajo durante el fin de semana, no había vuelto a mirar el buzón hasta ese preciso instante.

Una leve sensación de angustia brotó de su dolido corazón. Si el viernes Raúl ya se encontraba muy enfermo, ¿cómo se sentiría ahora?

En la pantalla del ordenador seguía estático el mensaje de María. Sara se desvió del escritorio y, como si fuera un robot, fue realizando una a una las tareas rutinarias que no necesitaban concentración, mientras su mente le daba vueltas al asunto que se le acababa de presentar. Un rato después, ocupó de nuevo el cómodo sillón de cuero negro. Varios correos llegaron a su bandeja de entrada, provocando el conocido sonido de la campana, pero ella ni siquiera les echó un leve vistazo.

La puerta del despacho se abrió de pronto. Un hombre alto, elegantemente vestido, se acercó con su mejor sonrisa y tomó asiento. El pelo oscuro aguantaba demasiada gomina y le hacía parecer mayor de lo que era.

—¿Qué tal, *honey*? —preguntó, esperando ansioso una respuesta.

A Sara le hacía mucha gracia la mezcla de idiomas que usaba al hablar.

—No muy bien.

—Vaya. —Henry ocultó su alegría. Si algún día ella le contestaba que había sido el peor fin de semana de su vida por la soledad y el aburrimiento, se sentiría complacido. A pesar de sus rechazos continuos, el viernes siguiente la invitaría de nuevo a salir. Se consideraba un hombre paciente y el amor que sentía por ella era razón suficiente para aguardar el tiempo que hiciera falta.

—Henry, ¿has tenido alguna vez la sensación de estar en el interior de un cono de vino y que, en la boca de entrada, allá a lo lejos, alguien te habla sin que puedas oírlo?

—Pues... no, nunca. —¿Sería esta la oportunidad que estaba esperando? ¿La independiente y solitaria Sara necesitaba su apoyo? Porque él estaba dispuesto a dárselo. Por sus venas corría la tranquilidad española de su madre y la elegancia inglesa de su padre.

—¿Querías algo, Henry? —quiso saber Sara, obligándose a interrumpir sus pensamientos.

—He encontrado información vital sobre el desfalco que estamos investigando, aunque tengo la impresión de que te preocupa más otro asunto.

—Me conoces bien —comentó Sara.

—Lo suficiente. Dime, ¿qué ocurre? No te he visto tan interesada en tu ordenador desde el último divorcio de...

—El viernes pasado recibí un correo de mi tata María—lo interrumpió sin darse cuenta—. Dice que mi hermano está muy enfermo.

—¿Ha mejorado desde entonces o no?

—No lo sé. Acabo de leerlo y no tengo más información.

—¿Vas a ir a verlo?

Henry no pudo ocultar la ilusión que le hacía pensar en España. Si él tuviera la más mínima excusa para regresar a tan cálido país no dudaría un segundo. Por su mente pasaron fugaces decenas de recuerdos de sus veranos en Andalucía. Adoraba España y el acento andaluz, algo que echaba mucho de menos y que recompensaba de alguna manera practicando el idioma con Sara, cada vez que tenía la oportunidad.

—¿Ir ahora? No puedo, yo... No es el mejor momento para dejar la redacción e irme a unos viñedos perdidos.

—Mira el lado positivo.

—¿El lado positivo? Henry —la sensación de angustia se estaba apoderando de ella—, creo que no te das cuenta de la repercusión que este correo traerá a mi vida. Tendré que darle al director del periódico unas explicaciones que no quiero dar, interrumpiré un proyecto que quizá no tenga ya sentido retomar a mi vuelta, regresaré a un lugar al que un día juré no volver jamás... —Tomó aire y la boca se le resecó aún más—. Mi hermano está muy enfermo. ¿Quieres decirme dónde ves tú el lado positivo?

—Viajarás a España —concretó Henry.

Sara suspiró y miró de nuevo el mensaje. Volver era lo que menos deseaba. En un arranque de ira llevó el puntero del ratón al aspa de cerrado y apagó la pantalla del ordenador. Deseaba descartar la idea de interrumpir su vida para regresar al lugar del que la habían echado sin contemplaciones.

A sus treinta y seis años recién cumplidos, trabajaba en la redacción del mejor periódico de Londres. Había tardado varios años en conseguir el puesto que ahora defendía y en el que se encontraba completamente realizada. No estaba dispuesta a tirarlo todo por la borda, aunque tampoco era tan despiadada como para saber que su hermano estaba enfermo y no interesarse por él.

—¿Por qué no llamas por teléfono? Quizá haya mejorado desde entonces —propuso Henry.

—Tienes razón.

Sara sostuvo el móvil y enseguida le vino el número a la mente.

«Creía haberlo olvidado», pensó.

Durante un par de segundos, tuvo la esperanza de que alguien contestara al otro lado de la línea; no fue así. Tras varios pitidos, una delicada voz femenina le indicó que el número al que llamaba no se encontraba disponible en aquellos momentos.

Henry salió del despacho para concederle un poco de privacidad. Conocía a Sara lo suficiente como para saber que pronto tomaría la decisión de viajar a España. Las experiencias dolorosas que ella había sufrido en el pasado no evitarían que estuviera en el lugar que debía. Nadie más que él estaba al tanto de los problemas de su infancia. La había escuchado atentamente todas aquellas tardes, cuando ella llegaba al Today News y necesitaba sentirse acompañada. La relación no había pasado de ser una fuerte amistad, aunque no era precisamente Henry quien ponía el pie en el freno.

Mientras fotocopiaba el último artículo relacionado con unos viñedos de Italia, la vio detenerse frente al despacho del director Thomson. Sara se retocó la larga melena ondulada y echó un vistazo a su vestimenta: clásica camisa blanca y pantalón de pinzas negro. Para calmar los nervios, inspiró todo lo profundo que le permitieron los pulmones y soltó el aire al tiempo que daba tres toques con los nudillos en la puerta. Una potente y masculina voz se escuchó al otro lado:

—Pasa, Sara.

—¿Cómo sabes quién llama?

—Conozco la forma de tocar de mis empleados.

—Menos lobos, Caperucita. —Ambos rieron un rato mientras Sara tomaba asiento. Habían pasado tanto tiempo juntos, buscando mejoras para el periódico, que la amistad que los unía les permitía alguna que otra distracción.

—¿Qué ocurre? —preguntó sin quitar la vista de sus papeles.

El frío procedente de la ventana abierta azotó el rostro de Sara.

—¿Has vuelto a fumar?

—¿Yo?

—Te lo advierto por última vez —dijo Sara mientras cerraba la ventana—. Como vuelvas a fumar, se lo digo a tu mujer. Escucha, Tim. Mi hermano está muy enfermo y necesito ir a verlo.

—¿Tu hermano? ¿Y desde cuándo tienes tú un hermano? Jamás me has hablado de tu familia. Pensé que vivías sola.

—Es una larga historia que algún día te contaré.

—¿Y a dónde te vas?

—España.

—¿España? Sara, el viernes es la entrega de premios. Tienes que asistir. No puedes...

—Tim, entiende que debo ir. Ojalá no sea nada importante y pueda estar de vuelta para entonces. Henry se encargará de todo en caso de...

—Vete cuanto antes y procura estar de vuelta para el festival. Vamos, ve —le ordenó el señor Thomson.

—Gracias, Tim.

—Y espero que tu hermano se reponga.

—Yo también.

Sara salió del despacho y se encontró en el pasillo con Henry.

—Te vas, ¿verdad? —dijo él.

—Henry, sabes mejor que nadie cómo es la relación que mantengo con mi hermano, pero es la única familia que me queda. Siento que está realmente mal y no me perdonaría no haberme despedido de él.

—Lo comprendo. Sabes que te acompañaría...

—No creo que el señor Thomson pueda arreglárselas sin los dos. Es mejor que te quedes al frente de todo y resuelvas los inconvenientes que surjan. Además, son asuntos familiares que me incumben solo a mí. Espero que lo entiendas.

Henry la abrazó y, por un instante, deseó no tener impedimento alguno para viajar con ella y ofrecerle su compañía en aquellos malos momentos. De forma inconsciente inhaló su perfume y se llevó un mechón de pelo a la mejilla. Estaba loco por aquella mujer y la iba a echar mucho de menos.

—Tranquilo. No te despidas aún de mí, que ni siquiera tengo la reserva hecha.

—Yo me ocupo de todo. Ve a casa y recoge tus cosas. Te llamaré lo antes posible.

## Capítulo 2

Sara permaneció un rato frente al armario, con las puertas abiertas de par en par, decidiendo qué ropa colocar en la maleta. No se decidía porque su mente estaba en otro lugar, otras tierras, otra vida.

«Volveré a casa», pensó.

Sacudió la cabeza en un intento de alejar los pensamientos. Era una mujer acostumbrada a la organización y la planificación de su día a día, y los imprevistos modificaban su carácter. Miró la maleta vacía, tratando de visualizar lo necesario para el viaje. Con decisión, descolgó varios pantalones y blusas. Terminó de guardar el resto del equipaje y accesorios básicos, y echó un vistazo al móvil. Henry no había llamado ni mandado ningún wasap.

Tenía la cabeza embotada. Sacó del cajón de la mesilla su diario y un bolígrafo; se recostó sobre la cama y comenzó a escribir.

A mi alma:

Las palabras de María me pululan por la cabeza como si fueran un banco de peces en una pecera. ¿Cómo puede una simple frase cambiar de repente el rumbo de una persona?

El día que murió mi padre juré no volver a La Villa y justo ahora, cuando mi vida está encarrilada, tengo que hacerlo.

*¿Seguro que debes volver? Raúl nunca te quiso. ¿Qué más da lo enfermo que esté?*

Nunca me quiso, pero yo sí a él. Y a mi padre, a pesar de sus reclamos, sus miradas acusadoras y su desprecio.

No voy por él. Voy por mí para despedirme, para pasar página, para gritar de mayor lo que no fui capaz de decir de pequeña.


El móvil vibró y sonó al mismo tiempo, sobresaltando a Sara. Miró la pantalla y apretó la tecla de descolgar.

—¿Henry?

—Debes estar en el aeropuerto a eso de las tres, como muy tarde. El avión con destino Madrid sale a las cuatro y media. He comprado también un billete de autobús hasta Mérida. Tendrás tiempo suficiente. Ahora buscaré un hotel por los alrededores de la estación, para que pases la noche allí. Es preferible que cojas un taxi por la mañana para que te lleve a tu casa.

—Vaya. Has pensado en todo. No creí que pudieras conseguir vuelo tan pronto.

—Tengo importantes contactos que me han echado una mano. Pasaré a recogerte dentro de un rato.

—Puedo coger un taxi para ir al aeropuerto, no te molestes.

—No es ninguna molestia —se despidió.

Era cuestión de horas que Sara llegara al hogar de su infancia y comprendiera el significado del mensaje de María. Los nervios acampaban a sus anchas en el estómago. Tenía ganas de llegar y, a la vez, deseaba no tener que ir. Guardaba recuerdos tan contradictorios de aquel lugar...

Por megafonía se escuchó el último aviso para los pasajeros del vuelo Rinaware 7995 con destino Madrid.

—Cuando llegues a Mérida llámame, por favor. Me quedaré más tranquilo —suplicó Henry, dándole a Sara un cariñoso beso en la mejilla y un tierno abrazo.

—Lo haré. Gracias por todo.

—Buen viaje.

El billete era de primera clase y, en cuanto lo entregó, la azafata la acompañó a su asiento. A su izquierda, al otro lado del pasillo, un hombre con aspecto de empresario abría su maletín para extraer unos documentos. Era la primera vez que

Sara viajaba con tanta comodidad y las atenciones del personal la hacían sentirse extraña.

El avión despegó y con él los recuerdos del pasado, de la primera vez que salió de casa rumbo al internado. Tenía solo trece años y mucho miedo oculto en la mochila. Aquella mañana, su padre pidió un taxi para que la llevara a la estación de autobuses de la ciudad más cercana, Mérida. Deseaba con todas sus fuerzas que la acompañara su madre, pero su enfermedad no se lo permitió. Pasó cinco horas sola en aquel autobús que olía a tabaco y a sudor, sentada junto a un hombre que, sumido en un sueño profundo, roncó durante casi todo el trayecto. Al llegar a Madrid, la esperaba un desconocido alto y serio que conducía una furgoneta blanca. Sin una sola palabra, le indicó que se sentara mientras colocaba la maleta en la parte trasera. Cuando alcanzaron el internado era de noche, las alumnas dormían y la única persona que la esperaba era una directora malhumorada y parca en palabras. Las lágrimas empaparon la almohada de Sara aquella noche y no consiguió dormir. No sería la única vez. La sensación de abandono le recorría el cuerpo. Había salido de casa con muchos reproches, castigos y enfrentamientos; también consejos, especialmente dos muy importantes que había aprendido en los últimos años. Uno de ellos se lo dio su padre: «Deja de comportarte como una niña pequeña y madura». El otro era de su tío Francisco, hermano de su padre, quien la llamaba siempre «mi pequeña lanzadera», ya que corría igual de rápida: «Cuando desees algo con muchas ganas, mira al cielo, grítaselo y espera. Tu grito llegará a las estrellas y ellas te concederán lo que pidas».

Con treinta y seis años, tenía el trabajo perfecto, vivía en un piso sin hipoteca y tenía amigos que la querían de verdad. Hacía mucho tiempo que no pensaba en su tío Francisco ni en su madre ni... Una voz femenina anunció el inminente aterrizaje del avión. Habían llegado al aeropuerto de Madrid y no había sido consciente del tiempo transcurrido. El siguiente trayecto sería más pesado.

Llegó a Mérida pasada la medianoche. Suerte que el hotel que tenía reservado estaba justo enfrente de la estación de autobuses. Estaba cansada y le dolía la cabeza de tanto pensar. Tuvo sueños recurrentes durante toda la noche, en los que veía los malos gestos de su padre, el odio de Raúl y el abandono de su madre. Cuando despertó, tenía el cuerpo agarrotado.

«Ojalá no hubiera salido de Londres», pensó.

Alargó cuanto pudo el momento del desayuno, pues mientras menos distancia la separaba de su antiguo hogar, más sensación de angustia sentía.

Una joven de larga melena rojiza la esperaba, apoyada sobre el taxi, en la zona de aparcamientos del hotel. Con mucha amabilidad, colocó sus pertenencias en el maletero y, cuando terminó de acomodarse y arrancar el motor, inició una conversación trivial sobre el tiempo y el ocio. A pesar de las pocas ganas que tenía de hablar y las veces que desconectó sin querer, Sara agradeció la charla de la conductora.

Habían pasado cinco años desde la última vez que hizo aquel recorrido, cuando fue al entierro de su padre. En aquella ocasión, no llegó a La Villa, fue directamente a la iglesia del pueblo. En cuanto pisó la primera baldosa, su hermano le gritó que se fuera. Llena de rabia y coraje, dio media vuelta y se marchó.

El trayecto se acabó demasiado rápido para su gusto. La conductora siguió las instrucciones de Sara y condujo por un camino de tierra rodeado de frondosos árboles. Pronto alcanzó la explanada delantera, con una enorme fuente ornamental que hacía la función de rotonda, donde los camiones hacían sus maniobras. Unos cuantos metros hacia adelante se encontraba La Villa, la enorme casa de dos plantas donde había crecido, y a la derecha, un arco daba entrada a las bodegas.

El taxi se detuvo y Sara fue incapaz de salir de él.

«¡Aquí no pintas nada! ¡Este lugar es de hombres!», creyó escuchar a su padre.

«Mamá es mujer y sigue aquí», le había gritado ella.

Las lágrimas le rodaron por las ardientes mejillas. No podía creer que estuviera allí, en su casa. Tuvo que armarse de valor, sentirse adulta, para no temblar como la chiquilla que parecía ser justo en aquel momento.

—Señora, ¿se encuentra bien? —preguntó la conductora tras abrirle la puerta.

Sara no retiraba la mirada de la fachada de la casa. Alguien abrió la puerta y salió al porche. En uno de los bolsillos del delantal blanco que llevaba puesto, introdujo un paño de cocina, sin perder de vista el taxi blanco que acababa de llegar. Era María, su tata, y seguía trabajando en la casa. ¡Cuántas veces Sara le había robado un trozo de pan recién hecho cuando su tata salía un momento de la cocina o se descuidaba! Cientos de recuerdos se agolparon en su mente, como las veces que durmió a su lado cuando estaba enferma, los baños de espuma que le preparaba con tanto cariño, los vasos de leche caliente con miel para que no se constipara o las largas conversaciones que mantenían mientras la ayudaba a tender la ropa.

«¿Qué será de él? ¿Continuará viviendo allí?», se preguntó.

Salió del coche, sintiendo los nervios en la boca del estómago. Una media sonrisa se dibujó en los labios de María. ¡Cuánto había cambiado en los últimos años!

—Mi pequeña Sara. Sabía que vendrías.

María la abrazó, emocionada, y con aquel gesto la devolvió a su niñez, a aquellos maravillosos momentos en los que correteaba entre las cepas de la parte norte, perseguida por su amigo del alma Tomás, el hijo de María. Solo él conseguía sacarle una carcajada. Solo él podía pintar de colores sus tristes y angustiosos días.

Cuando las dos se separaron, Sara observó con cierto pesar las lágrimas que humedecían el rostro de la anciana.

—Mírate —dijo al fin, sonándose la nariz—. Estás hecha una mujer, tan elegante... —Volvió a abrazarla y entre sollozos añadió—: Siento mucho no haber podido hacer nada cuando viniste al entierro de tu padre. Me enteré después de que te fueras. Tu hermano no debió...

—No te preocupes, tata. Seguro que lo estabas pasando muy mal.

—Sé que no fue un buen padre para ti. Con nosotros sabía guardar las formas. Yo lo respetaba mucho y Manuel, también.

—Lo sé. El problema lo tenía solo conmigo, tata. Dime, ¿qué le ocurre a Raúl?

—Entra en casa, lucero.

Un escalofrío recorrió el cuerpo de Sara en cuanto tocó el pomo de la puerta. Fue como si una corriente encerrada en la vieja y desgastada madera se liberara al fin por el contacto de la mano. Todo estaba colocado en el mismo lugar que recordaba: una mesa redonda con el paño blanco de ganchillo que había tejido su madre y sobre él un jarrón de cerámica con jazmines recién cortados. A la derecha, bajo la escalera que conducía a la parte superior de la casa, una estantería repleta de libros con una misma temática, el vino. El olor también le resultaba familiar, una mezcla de comida casera y jazmines.

—Desde que el señor Raúl contrajo matrimonio, se instalaron en la habitación de los señores —comentó María.

—Era de esperar. —Sara sentía extrañas sensaciones mezcladas.

Se adentró por el largo pasillo que conducía a las habitaciones hasta que llegó a la última puerta a la izquierda. Antes de abrir, escuchó los quejidos de Raúl. La cama situada frente a la puerta permanecía perfectamente cuidada. Bajo las sábanas, acostado bocarriba, reposaba su hermano. En aquella posición, con el color blanquecino de la cama, los fuertes suspiros y los ojos cerrados, daba lástima. Cualquiera diría que aquel hombre no había sido nunca altivo, dominante y egoísta; no había gritado nunca que aquellas tierras eran suyas; no había echado de casa a su propia hermana.

—¿Qué le ocurre? —preguntó, obligándose a parar sus pensamientos, a negar sus actuales sentimientos y a dar una oportunidad al único miembro de la familia que le quedaba.

Antes de que María contestara, un hombre mayor, con aspecto cansado, entró en la habitación:

—Señorita Sara, ya está usted aquí.

—¡Manuel! ¿Qué tal está? —preguntó cortésmente mientras le ofrecía la mano al marido de su tata.

—Bien, señorita. Con los achaques propios de la edad.

—Claro. La edad no perdona, ¿verdad?

—Cierto. ¿Dónde pongo sus maletas? —le preguntó a su mujer.

—Llévalas a su cuarto.

—¿Todavía tengo cuarto? —A Sara le resultó extraño que, tras aquellos años de ausencia, aún mantuvieran su lugar en la casa.

Manuel salió de nuevo y Sara volvió a centrar su atención en Raúl.

—Está en los huesos.

—El alcohol, hija mía. Lo está consumiendo poco a poco, pero en las últimas semanas parece ir más deprisa.

—¿Quién lo asiste?

—Yo misma. Todos los días lo aseo, le cambio las sábanas y el pijama. Cada varios días lo afeito, no puedo hacerlo más seguido porque tiene la piel muy delicada. También le curo las heridas que le provoca el estar postrado en la cama y le doy su medicación. Hago lo que puedo, niña.

—No me cabe duda, tata, tranquila —comentó Sara, consciente de que a una persona entrada en los setenta años no se le podía pedir mucho más de lo que ya hacía—. Tengo entendido que está casado... ¿Dónde está su mujer?

—¡Esa! Ay, perdón, lucero. No debería haber respondido así. Es que solo le interesa salir con sus amigas, comprarse ropa y pasar las horas en el gimnasio. Se va después de desayunar y no regresa hasta la noche.

—¿Por qué no habéis contactado antes conmigo?

—Porque su hermano se negaba a que pusiera un pie en esta casa. Sara, intenté hablar con él... Tu padre le inculcó bien el odio por...

—Por mí, lo sé, aunque sigo sin entender por qué me odiaban tanto en esta casa.

—No todos, lucero. Tu madre te quería muchísimo.

—Sin embargo, no movió ni un solo dedo cuando me enviaron al internado de Madrid.

—Lo intentó, niña. Me consta. Tu padre era muy terco y amenazaba a tu madre con...

—¿Con qué, tata?

—Puedes imaginártelo. Un hombre tan... cerrado, por decirlo de alguna manera.

—Ya... ¿Cuándo se despierta?

—A ratos. El médico lo tiene sedado. Vayamos a la cocina.

La cocina era una de las estancias más grandes de la casa y tenía todas las paredes revestidas de piedra. En el centro, se encontraba una gran mesa del mismo material, donde María preparaba la comida a diario. Olía a patatas cocidas. Sara no había vuelto a percibir un olor semejante en muchos años.

—¡Qué bien huele, tata!

—¡Qué va! Ya no es lo que era. La mayoría de los días cocino solo para los tres. Al señor Raúl debo hacerle comida triturada, sin sal ni otros condimentos y, a veces, no se toma ni eso. Y la señora Chelo, bueno, ella nunca come en casa.

—Has dicho que cocinas para los tres —preguntó Sara.

—Manuel, mi hijo y yo.

—¿Tomás sigue aquí?

—¿A dónde iba a ir, niña? ¿Un café? Está recién hecho.

—Gracias. ¿Y los demás trabajadores, tata? —Sara moría por saber más sobre Tomás, pero reprimió sus deseos.

—Ya no queda nadie. En cuanto el señor dejó de pagar las nóminas, se fueron retirando poco a poco hasta que quedamos solo nosotros. Y no te puedo decir que no hayamos pensado en hacer lo mismo...

—Agradezco que no lo hayáis hecho. No sé qué hubiera sido de mi hermano sin vosotros.

—El médico dice que no le queda mucho tiempo.

—¿Cuándo viene a verlo?

—Se pasa por aquí todos los días a eso de la una de la tarde.

Sara miró el reloj de muñeca. Acababan de dar las diez y media de la mañana. Tendría tiempo suficiente para echar un vistazo a las bodegas antes de que llegara.

La Villa estaba a solo un paseo de las bodegas. Un edificio de grandes dimensiones albergaba todo tipo de maquinaria diseñada para la elaboración del que había llegado a ser uno de los mejores vinos de España. El buen funcionamiento del negocio familiar había proporcionado la producción suficiente para mantener el alto nivel de vida al que Raúl y Chelo estaban acostumbrados. Pero la muerte de su padre y la adicción al alcohol de Raúl dieron lugar a la decadencia del negocio. Y todo se acabó más pronto de lo que a ellos les habría gustado.

Sara recordó una noche en la que Henry la invitó a cenar a un restaurante de lujo en plena zona de Covern Garden, en Londres. Habían pedido un Reserva Galvesino, algo que hacían con frecuencia, pero el camarero les comunicó que no les habían vuelto a reponer botellas de ese vino desde hacía más de un año.

## Capítulo 3

Sara atravesó el arco de piedra y ladrillo que daba entrada a las diversas estancias de las bodegas. Un enorme patio regado de plantas, árboles y arbustos de todo tipo proporcionaban un color especial y un aroma exquisito, mezclado con los olores propios de la elaboración del vino. La primera nave de la izquierda estaba destinada a la conservación en frío del vino ya fermentado. Se acercó a la puerta y la abrió con cuidado, esperando ver las cajas apiladas, como siempre, pero la estancia estaba vacía y las máquinas que mantenían la temperatura, apagadas.

«Es triste comprobar el deterioro de una empresa que siempre fue tan productiva», pensó mientras cerraba la puerta.

En el siguiente cuarto guardaban las barricas que debían ser controladas diariamente y aquellas que se almacenaban para un uso futuro. Estaba abierto y no se veía a nadie. Sara cruzó el umbral y respiró con intensidad. Un fuerte olor a barricas, humedad y madera se introdujo con rapidez en sus fosas nasales. Cerró los ojos y se imaginó corriendo por allí, cuando su padre no gritaba, cuando solo jugaba con Tomás. Mientras avanzaba hacia el interior de la estancia, todas esas fragancias conocidas se mezclaban con otras más desagradables parecidas al sudor de caballo o al cuero mal curado. Desde pequeña, Sara estaba más que acostumbrada a aquellos olores y en ese momento que los recibía de lleno, era consciente de cuánto los había extrañado.

Un hombre alto y corpulento, de cabello oscuro y piel dorada por el sol, salió de un pequeño almacén destinado a guardar herramientas. Llevaba una barra de acero en una mano y un paño ennegrecido en la otra. Sus penetrantes ojos verdes se cruzaron con los marrones de Sara. Durante varios segundos, ninguno de los dos pronunció palabra alguna. Disfrutar de las maravillosas vistas resultaba tan productivo como renovador.

—Has venido —dijo el hombre al fin.

Sara deseó con todas sus fuerzas haber divisado un ápice de emoción en su rostro. A pesar de los años sin verse, su calma era palpable. En cambio, a ella le temblaban las piernas, la boca se le había quedado seca y el estómago había decidido encoger su tamaño original.

«¿Cómo es posible que el simple hecho de tenerlo delante me altere tanto?», se preguntó.

—¿Lo dudabas? —alcanzó a decir, esforzándose por mostrar la misma frialdad que él. Pensó que, si en algún momento de su vida debía actuar como una verdadera actriz, debía ser entonces. Por nada del mundo permitiría que aquel hombre se percatara de la inseguridad y la ausencia de control que sentía.

—Era mi madre la única que confiaba en que no tardarías. A Raúl no le queda mucho tiempo. Estás...

—¿Qué?

—Diferente. No pareces haberte criado entre terrones, cepas y barro. Vistes como toda una ejecutiva.

—No soy ejecutiva, Tomás. Soy periodista. Y tú también estás diferente. Parece que te hayas tragado anabolizantes o algo así. ¿Te pasas el día en el gimnasio o qué?

—Digamos que trabajar hace que desarrolles ciertas habilidades para contrarrestar la falta de tiempo para otras actividades. ¿No piensas saludarme?

Tomás se acercó y dejó dos besos en sus mejillas. Sara enrojeció y odió ser tan débil.

—¿Qué tal estás? —preguntó él.

Sara continuó mirándolo fijamente a los ojos, esperando ver cualquier clase de emoción en ellos. Lo notaba tan distante, tan frío. No se parecía en nada al muchacho que cada día le arrancaba una hermosa sonrisa.

—Impactada —dijo, rompiendo el silencio que ella misma había propiciado—. He visto a Raúl y no me lo imaginaba tan deteriorado.

—Bueno, hacía años que no lo veías. Es lo que tiene alimentarse prácticamente de alcohol. Ha ido desmejorando con el paso del tiempo.

—¿Cómo pudiste permitir que los trabajadores de las bodegas se fueran?

—Yo no podía hacer nada, Sara —dijo, sintiéndose cuestionado—. Es tu hermano el que prefiere gastar el dinero en otra cosa en vez de pagar los sueldos de quienes se dejan el pellejo por él.

—No creo que mi hermano esté en las mejores condiciones para que te expreses así de él. Espero no tener que recordarte que le debes mucho a esta familia. Cuida tu lenguaje, ¿quieres?

—Eres tú la que me está echando en cara no sé bien el qué.

—Siempre has sido igual. Nunca has movido un dedo para hacer nada.

—¿De qué estás hablando? ¿Acaso no llevo años dedicado a estas tierras sin que nadie me lo agradezca?

—¿Eso es lo que buscas, agradecimiento? —gritó Sara, sintiendo un nudo en la garganta.

—No, Sara —aclaró Tomás, suavizando la voz—. Si esas fueran mis intenciones, hacía ya mucho tiempo que yo también me hubiera ido.

—¿Y por qué no lo hiciste? —La voz entrecortada de Sara denotó sufrimiento y por nada del mundo quería parecer débil frente a él. Tensó el cuerpo cuanto pudo, en un intento de retomar el control—. Siempre te resultó fácil darles la espalda a los problemas —se le escapó, sin querer.

—¡¿Que yo...?! ¿Qué estás insinuando?

—Nada, olvídalo.

—No, espera. —Tomás la sujetó por el brazo al ver que daba la vuelta para irse—. No estás hablando del trabajo, ¿verdad?

—Claro que sí.

—Pues si tienes algo que reprocharme, hazlo de una vez y a la cara, sin rodeos. —Se había acercado tanto a ella que podía escuchar los latidos de su corazón. Estaba tan cerca...

—Bueno. —Sara dio un paso atrás, intentando controlar la situación que parecía irse por otros derroteros. Siempre había sido una mujer fuerte, dueña de su propia vida y de sus actos. Podría con esta situación y otras parecidas. Sin apartar la mirada de sus ojos, cambió de tema—. Entonces, ¿cómo puedes llevar las bodegas tú solo?

—No se puede, Sara —respondió un poco más tranquilo—. He intentado mantenerla cuanto me ha sido posible, pero ya no nos queda reserva y no se ha vuelto a elaborar vino desde hace tres años.

Pese a que casi le había confesado emociones que se había prohibido desvelar, Sara estaba sorprendida por la familiaridad con la que hablaban los dos. Veintitrés años no habían sido suficientes para deteriorar la relación que un día nació entre ambos. La buena comunicación seguía siendo un pilar robusto entre ellos.

—¿Qué se ha hecho con la producción de cada año?

—Malgastarla —respondió Tomás mientras trababa de eliminar la suciedad de las manos—. Tu hermano la ha vendido a otras bodegas o a mercenarios que ofrecían muy poco dinero a cambio de cantidades exorbitadas de uva. Ha ido manteniendo al personal a base de pagas fortuitas hasta que ya no ha quedado nadie.

—Cuando venía en el taxi, he visto las cepas cargadas de uva...

—De pésima calidad. Como diría tu padre, con ellas no tendríamos ni para vino de mesa.

—Sé sincero, Tomás. Lo necesito. ¿Las bodegas están en quiebra?

—Todo está en quiebra, Sara. Si no entendí mal, tu hermano habló de hipotecar la casa para salvar la producción actual. Sin embargo, el juego y el alcohol lo han llevado por senderos de no retorno.

—¿Quién me puede poner al día de las cuentas de la familia?

—El abogado de tu hermano se enfadó con él hace meses y no lleva la contabilidad desde entonces. Varios enchaquetados han pasado por la casa dejando demandas y otros asuntos legales. Yo no entiendo nada de eso. Creo que la señora Chelo ha tratado de averiguar cosas, no sé.

—Bueno, gracias por toda la información. Ya veré... Ya intentaré...

—Estas tierras solo necesitan a alguien que las cuide y las protejan. Alguien que deje aparcados sus asuntos personales y les dedique el tiempo que se merecen.

—Pero yo no soy esa persona, Tomás. Mi vida está en Londres, no aquí. Nos vemos.

—Entonces, ¿te irás? —Tomás era incapaz de comprender la indiferencia de Sara—. Nos dejarás de nuevo.

Por primera vez desde que volvió a verlo, Sara sintió un resquicio de tristeza en su corazón.

—Yo tengo mi vida hecha en otra parte, en otro ambiente. Este ya no es mi sitio. Una vez tuviste la oportunidad de cambiar las cosas y no lo hiciste.

—Y sigues enfadada por eso, ¿no es así?

—¿Tú no lo estarías?

—Confiaste la solución de tus problemas a un chaval de trece años al que tu padre manejaba a su antojo. Si tú, que eras su hija, no pudiste convencerlo, ¿qué crees que podría haber hecho yo?

Sara lo miró durante un segundo. «¿Cómo puedo desearlo tanto?», pensó. Sus ojos, su boca, su cuerpo... todo la invitaba a acercarse a él. Sacando fuerza de dónde no tenía, dio media vuelta y salió de la nave, desolada y al mismo tiempo aterrada. Tenía la sospecha de que el mundo se le iba a venir encima en cuestión de horas, sin que pudiera evitarlo. Pensaba que, aunque no fuera fácil, podría controlar la cercanía con Tomás. Aquellos sentimientos que una vez florecieron entre ellos volvían a surgir como la lava ardiendo que sale expulsada de la boca del volcán.

Todo se complicaba a su alrededor. No era justo que tuviera que cargar con la dejadez de otros y solucionar problemas que ella no había creado. Tenía la sensación de ser el salvavidas de todo aquel que la rodeaba. Pero aquellos problemas eran demasiado para ella. La casa estaba hipotecada, la bodega en la ruina, ella en un lugar que la devolvía a momentos que trataba de olvidar y su trabajo en la redacción, detenido.

Por un momento, deseó no haber vuelto. Le dolía haber visto a su hermano en aquellas horribles condiciones, pero más difícil había resultado tener tan cerca al amor de su vida. Se le venían encima dificultades para las que no encontraba solución y deudas demasiado elevadas para su cuenta corriente.

Comenzó a caminar cabizbaja entre las cepas de los viñedos. Se detuvo en una de ellas y apartó todas las hojas que cubrían un racimo de uva. Era hermoso, aunque Tomás había dicho que era de mala calidad.

«¡Algo se podrá salvar!», se dijo a sí misma mientras miraba los líneos de cepas hasta que la vista no le alcanzaba.

A lo lejos, la voz de María la llamaba a gritos. Sara salió corriendo hacia la casa, tratando de llegar lo antes posible. Pensaba que el médico habría llegado ya, pero algo en el fondo de su corazón la obligaba a correr más aprisa. Al llegar a la entrada de La Villa, vio las lágrimas de María resbalándole por las mejillas.

—Sara, se ha ido.

Entró en la casa y se dirigió a la habitación de Raúl. El hombre tenía los ojos abiertos y la mirada perdida en el techo. La boca se le había quedado abierta, seguramente tras la última inhalación de aire. Su piel comenzaba a estar fría y rígida.

—¿Le has tomado el pulso, tata?

—No, lucero. Solo lo he oído suspirar con mucha dificultad y enseguida dejó de respirar.

Tendrían que llamar al médico para que certificara la hora de la defunción, aunque estaba claro: Raúl acababa de morir.

Sara colocó la mano sobre los ojos ya sin vida y los cerró mientras agradecía al cielo haberlo visto vivo, aunque hubiera sido por muy poco tiempo. Lo que más le dolía era no haber podido hacer nada por él.

—Llama al médico, tata.

—No te preocupes, niña. Ya ha ido Manuel a avisarlo.

María se sentó en el borde de la cama, mirando tiernamente a Raúl. Mientras le colocaba bien el flequillo, le hablaba como si aún pudiera escucharla.

—¡Si me hubieras hecho caso! Tantas veces te dije que dejaras de beber y te centraras en tus tierras. ¡Cuánto has sufrido, niño! —María retorció el delantal con las manos mientras dejaba que las lágrimas resbalaran por las mejillas. Ya no podía hacer nada por él. Se levantó y estiró la ropa de la cama. Con expresión triste, miró a su niña—. Él no era malo. Tu padre... era un hombre muy duro.

—Sobre todo conmigo.

—También con él, aunque no lo creas. Era su ojito derecho y, tal vez por eso, le exigía demasiado.

—María, ¿habéis avisado a Chelo? —Sara quiso desviar la conversación. En esos momentos lo que menos le apetecía era hablar de su padre.

—No sé dónde puedo localizarla —dijo la anciana, sin apartar los ojos de Raúl.

—Tendrá móvil, ¿no?

—Ella sí. A nosotros nos cortaron el teléfono fijo hace ya varios meses.

—¿Me das su número?

—Lo tengo aquí, por un caso dado.

Sara marcó varias veces el número de Chelo, sin que llegara a cogerlo. Al ver que llegaba el médico, se guardó el móvil en el bolsillo.

## Capítulo 4

El médico de la familia comprobó la ausencia de pulso de Raúl, la respiración, la respuesta pupilar y realizó otras prácticas comunes en situaciones similares. Firmó el certificado de defunción y se volvió hacia María.

—Bueno, pues el señor Raúl ya descansó. Creo que será mejor que os apresuréis. Está demasiado medicado y no es conveniente esperar mucho para enterrarlo.

Mientras el médico le hablaba a María, Sara esperaba pacientemente en un rincón de la habitación.

—Doctor Gamboa, permítame presentarle a la hermana del difunto, que en paz descanse. Es mejor que hable con ella. —Se adelantó la cocinera.

—Por supuesto —dijo extendiendo la mano para saludar a Sara—. Encantado de conocerla, señorita. Hacía años que no oía hablar de usted.

—Igualmente, doctor. Sí, he pasado bastantes años en Londres. ¿Me dice qué sigue ahora, por favor?

—Pues lo mejor sería llamar a la compañía de seguros. Imagino que tendréis alguno. —Ambos volvieron la vista hacia María, que parecía tener más información.

—Pues yo no sé nada de seguros —aclaró la tata.

—Ya me encargo yo, doctor —dijo Sara—. Le agradezco muchísimo que haya venido hasta aquí tan rápido. Dígame cuánto le debo.

—Claro, ¿por qué no vamos al despacho de su padre y hablamos?

Sara caminaba intranquila hacia el lugar donde Miguel, su padre, solía atender los asuntos de las bodegas. Le parecía extraño que el doctor hubiera querido pasar al despacho. Tras permitirle tomar asiento delante del escritorio, ella acarició el respaldo del sillón como pidiendo permiso para sentarse en él. Cruzó las piernas en un intento de parecer más cómoda. Después de unos segundos prefirió sentarse erguida y con ambos pies en el suelo. El médico comenzó a hablarle de trivialidades, tal vez para no sacar a la luz el tema que debían tratar.

—Y bien, doctor, ¿qué quería decirme?

—Siento tener que hablarle de dinero en estas condiciones, señorita Villagalvés. Me veo en la obligación de explicarle que su hermano está recibiendo... perdón, recibió mis atenciones en los últimos seis meses, esperando pagarme con los beneficios de esta cosecha. Ahora, no sé. ¿Cómo lo ve usted?

La expresión de Sara iba cambiando conforme el doctor Gamboa hablaba.

—¿De cuánto dinero estamos hablando? —preguntó Sara.

—De unos ocho mil euros.

—¿Ocho mil?

—Señorita, si necesita una factura detallada de mis servicios y medicación que le he administrado a su hermano a lo largo de estos meses, cuente con ello. No quiero recibir ni un euro más de lo que me corresponde.

—Está bien. Tráigame la factura y le tendré preparado el dinero.

«Un dinero que saldría de su bolsillo», pensó Sara mientras observaba cómo el doctor abandonaba el despacho.

—¡Ocho mil euros! —susurró. Jamás había tenido problemas de dinero y mucho menos desde que empezó a trabajar en la redacción, pero sospechaba que esto iba a ser algo más que un atropello.

En ese instante el móvil vibró en el bolsillo del pantalón y Sara contestó de inmediato.

—Hola. Tengo una llamada perdida suya. ¿La conozco? —dijo la voz al otro lado.

—Pues no, Chelo. No nos conocemos, pero estoy segura de que lo haremos en breve. ¿Te importa venir ya a la casa? Tu marido acaba de morir. —Sara colgó el móvil sin contemplaciones. Debía haber sido más cortés, aunque esa mujer no le ofrecía ni la más mínima confianza. Ahora tenía otras cosas en la cabeza, y el ser amable y educada no estaba entre ellas. En ese momento recordó el día que recibió una llamada de su hermano:

—Escucha, Chelo no quiere disgustos en la boda y sabe que, si vienes, padre no estará muy contento que digamos. Sería mejor que no aparecieras por aquí.

—Se trata de la boda de mi único hermano. ¿Qué os pasa? Hace años que no me veis... —Sara había intentado ser fuerte, pero las lágrimas luchaban por salir. ¿Qué había hecho ella para que todos en la casa la odiaran?

—Quiero que este sea el mejor día de su vida —continuó diciendo Raúl—. ¿Vale? Y no lo será si tú estás delante. ¡No quieras ser siempre la protagonista!

«¿La protagonista? —había pensado Sara—. ¿Cuándo había querido ser ella la protagonista?».

El día que Chelo le pidió a Raúl que hiciera esa llamada y le prohibiera asistir al evento cortó cualquier tipo de relación que hubiera podido existir entre ellas. Ahora ya no había marcha atrás.

Sara trató de despejarse intentando averiguar a quién podría llamar para que la ayudara a organizar el sepelio de su hermano. No conocía a nadie de los alrededores, ni sabía si tenían seguro de deceso o cualquier otra cosa. Se acordó de Tomás. Él era el único que podría ayudarla. Seguro que él conocería a alguien que se encargara de todo. Ahora no era momento de pensar en sentimentalismos ni en romances de adolescentes. Tenía que salir de aquel embrollo y, cuanto antes lo hiciera, mejor para todos.

Se levantó de un salto y salió del despacho rumbo a las bodegas. Esperaba que él aún siguiera allí y que no tuviera que demorar más los asuntos que debía arreglar. En cuanto puso un pie dentro de la nave de las barricas, se encontró con Tomás, que salía limpiándose las manos en los pantalones. Se miraron un segundo.

—¡Tomás! ¡Qué bien que estás aquí!

—¿Ocurre algo? —preguntó intrigado.

—Necesito llamar a una funeraria. ¿Conoces alguna?

—Fune... ¿Tu hermano ha...?

—Sí. Escucha, no sé qué hacer ni a dónde llamar.

—Tranquila. Las bodegas tienen su propio seguro, para familiares y empleados. Tienes que averiguar si ha vencido ya o si aún está vigente. De no ser así... Bueno, estaremos en serios problemas.

—¿Puedes venir al despacho y ayudarme con el papeleo, por favor?

—Claro. A pesar de que no entiendo mucho de eso, haré lo que pueda.

Tomás y Sara pasaron varias horas entre papeles y más papeles. La gran mayoría de los seguros estaban vencidos y encontraron pagarés falsos por el despacho. Sin esperar más tiempo, Sara cogió el móvil y buscó información sobre alguna funeraria cercana.

No tardaron en llegar y, mientras varios hombres se encargaban de todo, el dueño tramitaba lo necesario para comenzar con los preparativos. Al no ser Raúl beneficiario de ningún seguro, la familiar más cercana debería hacerse cargo de los gastos. Sara pensó que Chelo podría tener alguna solución para todo aquello. Estaba segura de que estaría tan endeudada como su hermano. Tendría que hacer frente a una amplia segunda factura, todo en una misma mañana.

Se sentía cada vez más sola y asustada. No se trataba solo de dinero, sino de posibles denuncias. Su hermano estaba metido en un buen lío y a él ya nadie podría pedirle cuentas. Pero estaba ella y legalmente cargaría con todas las culpas.

—¡Raúl! ¡Raúl! —gritó una voz femenina.

Sara y Tomás salieron del despacho. Una mujer elegantemente vestida con ropa cara y con unos hermosos Gucci azul ultramar que ya quisiera haber tenido Sara pasó a toda carrera hacia la habitación de Raúl. Se tiró encima del cuerpo sin vida de su marido y pronunció toda clase de improperios contra la mala suerte y la dama oscura. Empapada en lágrimas y con el rímel corrido, se separó de la cama y se volvió hacia los intrusos que continuaban frente a ella.

—¿Cuándo ha ocurrido?

—En el mismo instante en que te llamé —contestó Sara.

—¿Tú quién eres, si se puede saber?

—Soy Sara Villagalvés Márquez, hermana de Raúl.

—¿Tú... eres? ¿Qué haces aquí?

—María me avisó y he venido en cuanto he podido. Escucha, es muy importante que hablemos. Entiendo que es un mal momento para tratar temas legales, pero tenemos un montón de facturas que revisar y además hemos de preparar el funeral de mi hermano.

—Tienes razón, no es el mejor momento. El papeleo legal no es cosa mía. Yo nunca me he metido en asuntos de las bodegas.

—No, Chelo. Estás muy equivocada —contestó Sara—. Esto no solo tiene que ver con las bodegas. Tu marido estaba endeudado hasta los zapatos. Ahora debemos hacer frente a facturas y no sé de dónde vamos a sacar el dinero para pagarlas. Necesito saber de cuánto efectivo dispones.

—Yo no tengo nada. Tendrás que hacerte cargo tú. —Chelo dejó a Sara con la palabra en la boca y volvió a tumbarse al lado de su marido, llorando.

Sara se encontró con los ojos desencajados de Tomás, quien estuvo a punto de soltar lo primero que se le pasó por la cabeza. Por suerte, Sara se dio cuenta a tiempo y lo sacó de la habitación.

—Cómo puede tener tanta cara, ¿ah? —preguntó Tomás, furioso—. ¿Cómo se costea todos los días el spa, las salidas con las amigas y...?

—No te alteres, Tomás. No la he visto en mi vida, pero conozco bien a ese tipo de personas. No es recomendable ponerse a su altura. Esperemos un rato.

—Niña, la comida está lista. ¿Preparo el comedor? —preguntó María.

—No, tata. Prepara la mesa de la cocina para vosotros, un lugar para Chelo y otro para mí. Comeremos todos juntos.

Sara volvió a entrar en la habitación de su hermano y tiró del brazo de Chelo.

—Ven. Tenemos que coger energía para todo lo que nos espera. La comida está lista y yo tengo cosas que contarte. Vamos.

—No quiero dejarlo solo —dijo entre sollozos.

Sara sintió ganas de gritarle que así era como había permanecido todos los días mientras ella se paseaba con sus amigas. Pero debía tener paciencia, si quería hacer las cosas bien.

—Será solo un momento.

Chelo daba vueltas a la sopa de pescado sin probarla siquiera. Miraba a sus acompañantes por encima del hombro, sintiendo que su lugar no estaba allí. Todos callaban, hasta que Sara rompió el hielo.

—Esta tarde volverán los de la funeraria para elegir el féretro y la lápida. Deberíamos estar juntas para decidirlo —se dirigió a su cuñada.

Chelo no contestó.

—¿Quién se encargará ahora de todo esto? —preguntó al cabo de un rato.

—¿Qué es «todo esto»?

—Las tierras, las bodegas, esta casa...

—Supongo que mi hermano habría hecho testamento, ¿no?

—Nunca hablamos de eso. —Chelo apartó de la manga de su chaqueta recién estrenada una miga de pan y limpió con una servilleta el lugar que había ocupado, como si fuera posible que el pan dejara mancha.

—Escucha, Chelo. No sé si eres consciente de que se nos viene encima una muy gorda. —«Más que el hecho de que se te manche la chaqueta», pensó—. Habéis estado malgastando la herencia de mi padre y ahora tenemos deudas por todas partes.

—¿Tenemos? Tú no pintas nada en todo esto.

—¡Señora! —Tomás trató de que midiera sus palabras.

—Tú te callas, insolente. Nadie te ha dado vela en este entierro, y nunca mejor dicho.

—Soy una Villagalvés y estoy segura de que me harán la primera responsable de lo que ocurra aquí.

—Y yo soy la esposa de Raúl Villagalvés, dueño y señor de todas estas tierras. Así que no se hará nada sin que yo lo sepa, ¿estamos?

—¿Eso significa que te harás cargo de lo que se necesite? —preguntó Sara —. ¿Lo pagarás todo? Porque, de ser así, deberás empezar por una factura de ocho mil euros del médico que lo ha atendido. Ahora llegará la factura de la funeraria y mañana la del notario.

—¿Y el seguro de las bodegas, te lo vas a quedar tú o qué?

—¿Qué seguro? —preguntó Sara, irónica—. ¿El que debía haber pagado hace dos años y no llegó a hacerlo? —Sara respiró profundo y tiró la servilleta sobre la mesa—. Y para que lo sepas, hace muchos años que no invierto ni un solo segundo de mi vida pensando en estas bodegas, así que no imagines que intento quedarme con nada. No sé de dónde vas a sacar el dinero que se necesita para pagarlo todo. Así que, si no lo tienes, ve buscando tus joyas, zapatos y bolsos. Seguro que nos dan un dineral por todo eso.

Sara salió de la cocina casi sin haber probado bocado. Se encerró en el despacho y esperó sentada a que se le pasara la furia. Después de un rato, la puerta se abrió.

—¿Estás bien?

—Esto me está sobrepasando, Tomás.

—Lo entiendo. Si puedo hacer algo...

—Lo peor de todo es que ya había superado que las bodegas no formaban parte de mi vida. No es que gane un gran sueldo en la redacción, pero me permite vivir cómodamente en un país tan caro como Londres. Ahora llego aquí y se me presentan facturas que no voy a ser capaz de pagar.

—Tranquila. Trata de tomar las cosas según llegan —la animó Tomás.

María tocó la puerta y anunció que el señor Daniel Cosme, el propietario de la funeraria, estaba esperándola en la sala.

—Voy, tata —dijo mientras se limpiaba las lágrimas.

# Capítulo 5

Sara llegó a la sala sintiendo que arrastraba el cuerpo con cada paso. En cuanto entró, comprobó que Chelo se encontraba sentada a la mesa, junto al señor Cosme, hablando de los folletos que permanecían extendidos sobre la superficie. Tomaba decisiones sobre la madera, el color, la forma del féretro, sin la más mínima emoción. Hacía todo tipo de preguntas relacionadas con los siguientes pasos.

—A mí me gusta este féretro, Daniel —dijo, con mucha familiaridad—, pero en lugar de la cruz sola... ¿Podrías ponerle una cruz con Cristo encima? Quedará más elegante.

—Por supuesto, puede hacerse lo que usted desee.

Continuaron hablando de los costes del tanatorio, el coche fúnebre, los coches para acompañantes familiares directos, el certificado y las tasas, así como lápida y coronas o ramos de flores; la caja de madera, el alquiler de nicho y la misa del funeral. En total, la suma ascendía a unos cuatro mil euros.

—¿Podrías hablarnos de la cremación? —interrumpió Sara.

—Eso saldría mucho más económico. Solo habría que pagar el hecho en sí, las tasas de inhumación, el trasporte a la ciudad de Mérida y la urna. Supondría un total de mil euros, aproximadamente.

Sara se quedó pensando mientras caminaba despacio por la sala.

—Bueno, entonces lo que debemos elegir es la caja de madera y la lápida, ¿verdad? —continuó la viuda.

—Eso no será necesario, Chelo.

—¿Cómo que no?

—Vamos a incinerarlo —atajó Sara.

—Ah no, de eso nada. Eso no era lo que quería mi esposo. —Chelo daba voces, tratando de ser contundente—. No continúes por ahí porque no te lo voy a permitir.

—Señor, discúlpenos un momento, por favor. —Sara cogió a su cuñada por el brazo y la llevó al despacho.

Chelo tropezó con los tacones de sus zapatos Gucci varias veces, mientras Sara seguía tirándole del brazo hasta entrar en el despacho.

—¡Suéltame de una vez! Tu hermano no te quería aquí —gritó Chelo encolerizada—, y no serás tú quien le organice su entierro, mucho más si lo que quieres es quemarlo.

—Te estás comportando como una niña pequeña que tiene un berrinche. Me pides que no me entrometa en este asunto, ¿verdad?

—Sí, por supuesto que no quiero que te entrometas.

—Entonces he de suponer que te las puedes arreglar tú sola, incluso pagando en metálico todo lo que se debe, ¿no es así?

Chelo bajó la mirada y calló.

—Solo te lo voy a decir una vez. Mientras sea yo quien pague las facturas, seré yo quien tome las decisiones en esta casa, ¿queda claro?

Chelo mantuvo la boca cerrada por unos segundos, mostrando mucho más que rabia contenida.

—Si en este instante pones encima de la mesa el dinero en metálico, cheque o lo que sea, me callo y dejo que organices todo a tu manera —dijo Sara.

—No tengo esa cantidad.

—Yo tampoco, Chelo —bajó el tono de voz, buscando la forma de calmarse—. Lo que sí puedo poner son los mil euros que nos pedirán por incinerarlo. Nos vienen encima problemas mucho más graves que este. Así que deja de patalear y comportarte como una niña rica, porque no lo eres. Asume esta situación de forma adulta y déjalo todo en mis manos.

—En cuanto se lea el testamento...

—¿Qué?

—Estoy segura de que no se ha acordado de ti, así que puedes irte a Londres y, cuanto antes, mejor.

—Me iré, pero volveré cuando llegue la hora de leer el testamento, y no porque me apetezca, sino porque es mi deber.

—No sabes cuánto me alegro.

Chelo salió del despacho y Sara volvió a la sala para organizar los preparativos con el señor Cosme.

A partir de las ocho de la tarde se llevaría a cabo el velatorio dispuesto en el salón de la casa. Tomás y María prepararon el cuerpo de Raúl. No muchos amigos o conocidos pasaron a ofrecer sus condolencias. Sus últimos años no habían sido muy sociables.

Chelo mantuvo todo el rato una actitud defensiva y altanera al recibir a la gente; la mayoría de ellos solo la saludaban y preferían hablar con Sara, por curiosidad e intriga, para saber qué había sido de la desaparecida hija de los Villagalvés.

En medio de una conversación con el dueño de unos viñedos vecinos, Sara recibió la llamada de Henry.

—He dejado pasar el día para que tuvieras tiempo de instalarte y demás. ¿Qué tal ha ido todo?

—Henry, mi hermano murió esta mañana. No te imaginas qué día tan largo ha resultado el de hoy.

—Vaya, lo siento. ¿Cómo estás?

—Puedes imaginártelo.

—¿Y cómo vas a afrontar tantas deudas?

—No lo sé, Henry. Mañana, después de incinerarlo, buscaré la forma de ponerme al día con el papeleo que mi hermano tiene desorganizado. Quiero volver a Londres lo antes posible. No soporto estar aquí y será necesario esperar algunas semanas hasta la lectura del testamento. —Una vecina se acercó a Sara, haciendo señas para que supiera que tenía que marcharse—. Oye, tengo que colgar, la gente sigue dando el pésame.

—Trata de ser fuerte, ¿vale?

El número de visitas al velatorio había descendido mucho a medida que se acercaba la noche. Entre condolencias y agradecimientos, Sara daba vueltas a la situación de las bodegas hasta que dieron las once y no había ya nadie en el salón. Sin apetito ninguno, decidió que lo mejor sería ir a descansar. Si ese había sido un día duro, el siguiente no lo sería menos.

Subió a su habitación y, al abrir la puerta, un escalofrío le recorrió el cuerpo. Aquel había sido su cuarto cuando era pequeña, pero, al marcharse, lo modificaron por completo. Le quitaron toda la esencia de niña y lo transformaron en una habitación para invitados, fría e inerte, con paredes que callaban los malos tratos, los insultos y las veces que se escondió bajo la cama para que su padre no la encontrara. Aquellas cuatro paredes habían sido cómplices de sus lágrimas, de su soledad y abandono, cuando rezaba para que su madre la rescatara de la mirada temible de Miguel. Con los ojos húmedos y el corazón encogido, se colocó el camisón y se metió en la cama.

«Al menos, las sábanas huelen bien», pensó.

Había sacado de la maleta su diario y se dispuso a escribir; como cada noche, le hablaba a su alma y ella le respondía. Ambas mantenían un diálogo íntimo y secreto.

A mi alma:

Estar en mi cama siendo adulta no me proporciona más seguridad de la que tenía cuando era pequeña.

*¡Cuántas sensaciones tan distintas!*

¡Y qué poco han cambiado las cosas! He tenido la sensación, en varias ocasiones, de escuchar los gritos de mi padre pidiéndome que me fuera de esta casa. ¡Cuánto me hubiera gustado hablar seriamente con él y preguntarle por qué no me quería!

*Naciste mujer, por eso.*

Tiene que haber algo más, pero ¿cómo saberlo?

*Ya no queda nadie de la familia que pueda responder a ninguna de tus preguntas.*


Un pensamiento interrumpió todas las demás reflexiones. En la conversación con Henry, él le había preguntado sobre las deudas de las bodegas, cuando ella no le había hablado más que de la muerte de su hermano. ¿Cómo era posible que Henry lo supiera?

Sara daba vueltas y más vueltas en la cama. Como casi siempre, le costaba mucho conciliar el sueño y aquella noche estaba resultando una tarea más que difícil. En cuanto pagara al médico por los servicios prestados a su hermano, se quedaría en números rojos y no había hecho más que empezar. Tendría que hacerse cargo de lo relativo a la incineración de su hermano y a saber cuántas cosas más. Dio la enésima vuelta y trató de concentrarse en la respiración: uno, dos, tres...

El gallo cantó cuando apenas comenzaba a disfrutar de su merecido descanso. «La mañana no va a ser ni rápida ni agradable», pensó.

A las nueve, el coche fúnebre sacó el cuerpo de la casa y lo trasladó a la ciudad de Mérida, donde se llevaría a cabo la incineración. Se repartieron en dos coches de la funeraria. Tomás acompañó a sus padres; Chelo y Sara fueron juntas. Ya en el tanatorio, Tomás no se apartaba de Sara y, aunque apenas hablaban, el solo hecho de sentirlo a su lado ya la reconfortaba. María y Manuel trataban de mantener la calma, aunque el miedo al futuro se reflejaba en sus miradas. Chelo era la única que permanecía sola, mirando constantemente el móvil. Aquel era un buen momento para preguntarle dónde estaban las supuestas amigas con las que pasaba los días enteros, en lugar de quedarse atendiendo a su marido.

Un sacerdote realizó una breve ceremonia religiosa y, tras la misa, tuvo lugar el proceso de incineración de Raúl. Sara se percató de que Chelo no había vuelto a echar ni una lágrima desde el día anterior, cuando la vio por primera vez, aunque, al recoger la urna con las cenizas de su marido, la apretó contra el pecho y cerró los ojos unos minutos. Después, caminó hacia la salida y entró en el coche.

Antes de las dos de la tarde, todos entraban en La Villa, apesadumbrados y sin ganas de mantener una conversación.

—Iré un rato al despacho —anunció Sara.

Sentada en el sillón de su padre, sintió el mismo vacío familiar que el día en que él la mandó al internado de Madrid. Pero ahora era verdad. Estaba sola en el mundo. Ya no tenía ningún familiar, querido o no. Solo estaba Henry. De repente, tuvo la necesidad de escuchar su voz. Sacó del bolso el móvil y lo llamó.

—Acabas de leerme el pensamiento. Tenía ganas de llamarte —contestó el inglés al otro lado de la línea.

—Ahora es un buen momento, Henry.

—Estás mal, lo sé, pero te repondrás. Solo es cuestión de tiempo. Te echo mucho de menos. La redacción no es lo mismo sin ti.

—Necesito irme muy lejos de estas tierras, de las bodegas, de... —«Tomás», pensó—. ¿Puedes buscarme un billete para el primer vuelo que salga a Londres, por favor?

—Claro, estaré encantado de que regreses. ¿Ya no te queda nada por hacer allí?

—Dentro de unas dos semanas me llamará el notario para la lectura del testamento. Mi presencia como única familiar directa de Raúl me obliga a asistir. Así que tendré que regresar.

—Bien. Aún queda tiempo. Vuelve y olvídate de todo eso durante un tiempo.

—Eso quiero. Volver a mi trabajo y retomar mi vida.

Tomás dio varios golpes con los nudillos en la puerta y asomó la cabeza. Cuando vio que Sara le hacía un gesto con la mano para que entrara, se acercó a ella.

—Tengo que colgar. Llámame cuando tengas lo que te he pedido, ¿vale?

—¿Trabajo? Suena muy bonito tu acento inglés —le comentó Tomás, con una amplia sonrisa.

—Hablaba con un amigo. Vuelvo a Londres.

—¿Te vas? —Tomás no creía que hablara en serio.

—Volveré cuando sea la lectura del testamento. Aún faltan muchos días y no puedo quedarme aquí.

—¿Y qué vamos a hacer, entonces?

—Esto no es asunto mío. Mi padre me dejó muy claro que nada de esto me pertenecía, así que será Chelo quien se encargue de lo que haga falta. Entiéndete con ella.

—¿Ella? No sabe distinguir entre tempranillo y verdejo, ¿cómo esperas que dirija esto?

—No quiero pensar en eso, Tomás. Necesito irme.

Antes de que Sara saliera del despacho, Tomás la sujetó por un brazo y le dijo:

—En el fondo de tu corazón amas estas tierras tanto como ellas te amaron un día a ti. Te vieron nacer, doraron tu piel y el aire que las envuelven enredaron tu cabello. No puedes desprenderte de ellas. El destino te ha traído de vuelta y lo hará tantas veces como sea necesario hasta que aceptes que son parte de ti.

Sara le miró a los ojos y supo que, si permanecía un solo segundo más en aquel despacho, jamás se iría.

—No puedo —susurró.

Tiró con suavidad del brazo, obligando a Tomás a soltarla. Con una sensación de tristeza que apenas reconocía, subió a su habitación y volvió a guardar las pocas pertenencias que había sacado de la maleta.

## Capítulo 6

En el aeropuerto de Heathrow, en Londres, Sara reconoció la figura de su amigo Henry a pesar de estar de espaldas. No le había pedido que fuera a recogerla, aunque lo conocía lo suficiente como para esperar encontrárselo allí. Cualquier persona que viera el abrazo que ambos se dieron diría que llevaban meses, quizá años, sin verse. Henry no se esforzó en mostrar su mejor sonrisa, le salía del alma. Casi la besó al separarse, pero se contuvo, pues sabía que ella no lo aprobaría.

—Bienvenida a casa de nuevo.

—Gracias por venir, Henry.

—No tenía nada mejor que hacer. ¿Qué tal estás?

—¿Te importa que te lo cuente en otro momento? No tengo ganas de pensar en las bodegas otra vez.

—Como quieras. Te llevaré a casa y conversaremos de lo que te apetezca —dijo sonriendo.

Por primera vez en muchos años habían pasado varias noches sin que Sara escribiera en su diario. Sabía que, si lo hacía, sus pensamientos regresarían a La Villa, a las bodegas y sus deudas, a todo lo que había dejado allí. Se acostó sin tener sueño. Recostada sobre el respaldo de la cama, cogió un libro de la mesilla y comenzó a leer las primeras líneas de un nuevo capítulo. Fue necesario releerlas varias veces para enterarse de lo que estaba ocurriendo con los personajes. Al ver cuánto le costaba concentrarse, lo cerró y lo colocó en su sitio. Sin pensarlo, abrió el cajón y sacó su diario:

A mi alma:

~~Echo de menos a Tomás.~~

Volver a casa ha supuesto todo un caos en mi vida. ¿Cómo puedo echar tanto de menos algo que llevaba años sin ver? No quería poner la frase de antes.

*La ha puesto tu subconsciente.*

Si vuelvo a retomar mis rutinas, me olvidaré de La Villa.

*Tienes que volver.*

Sí, para leer el testamento. Raúl pensaba igual que mi padre, así que no habrá dejado nada a mi nombre. En cuanto salga de eso, volveré y todo quedará atrás. Ya no tendré que pensar más en las bodegas ni en mi padre ni en...

Los días pasaban tan lentos que dolían. Cada mañana, Sara miraba ansiosa el correo, esperando recibir algún indicio de que la lectura del testamento tenía fijadas fecha y hora. En varias ocasiones, había pensado llamar, pero ¿a quién? Prefería contactar con cualquiera menos con Tomás, aunque ese «cualquiera» solo pudiera ser Chelo. Si lo pensaba fríamente, tampoco tenía el número de él.

—Dígame —contestó Chelo al otro lado de la línea.

—Hola. Soy Sara.

—¿Qué quieres?

—Solo quiero saber cómo va todo.

—Bien. ¿Algo más?

El tono despectivo de su cuñada la obligó de alguna manera a desistir de un nuevo intento. Le hubiera gustado hablar con María o con Manuel, incluso con...

«No, con Tomás, no», pensó. No hubiera soportado escuchar su cálida voz y no poder verlo.

El insomnio se estaba convirtiendo en su aliado eterno. Eran ya casi las tres de la madrugada y no lograba conciliar el sueño. Desde que volvió de España, no había vuelto a ser la misma. En la redacción no se concentraba, en las conversaciones se perdía y en las reuniones... Como no lograra recomponerse, no iban a notificarle ni una sola reunión más.

Habían transcurrido catorce días desde que volvió a Londres. Su intención había sido olvidarse de los problemas de las bodegas, del desprecio que Chelo sentía por ella y de los sentimientos que afloraron en cuanto se reencontró con Tomás. Nada sucedió como había planeado. Se sentó como tantas veces, apoyándose en el respaldo de la cama, y encendió la luz. Frente a ella, había una repisa repleta de libros. Pudo haber centrado su atención en el lomo de cualquiera de ellos, pero se fijó en uno en concreto: *EL vino y sus raíces,* escrito por Lemus Scuth, un famoso enólogo al que había conocido meses atrás, cuando Henry la invitó a su enoteca. Lemus había alquilado un local en el centro de Picadilly Circus para exhibir una impresionante colección de vinos de numerosas partes del mundo. A Sara le dio un vuelco el corazón cuando encontró, en uno de los expositores centrales, un Reserva Villagalvés del año 1967, una de las mejores cosechas que habían dado las bodegas desde sus orígenes. Una sonrisa se le dibujó en los labios cuando recordó la cara que puso el señor Scuth cuando Henry la presentó por su apellido. Lemus trató en vano de hacerle decenas de preguntas sobre su antiguo hogar, pero Sara supo cambiar de tema con elegancia.

«Tengo que volver a casa», se dijo.

Un taxi parecido al que había cogido la vez anterior entraba en el mismo recinto familiar. Manuel salió de la vivienda, colocándose la mano derecha sobre los ojos, a modo de visera, tratando de visualizar a la persona que se bajaba del coche blanco.

—Señorita Sara, ¡ha vuelto!

—Hola, Manuel —dijo estrechándole la mano—. ¿Qué tal?

—Pues ya ve, con estos achaques uno no puede apenas moverse.

—¿Está María?

—Claro. Pase a la cocina. Voy a avisar a mi hijo.

Antes de llegar a la puerta de entrada de La Villa, ella salía, secándose las manos en un paño blanco.

—Sara, lucero, ¡has regresado!

—No podía esperar más tiempo en Londres, María. Necesitaba saber cómo va todo.

—Entra y te cuento.

Ambas mujeres se sentaron en la mesa de la cocina con un café recién hecho entre las manos.

—¿Han dicho algo de la lectura del testamento? —preguntó Sara sin más dilación.

—Si ha llegado alguna carta o le han notificado algo a la señora, lo sabe solo ella. A nosotros no nos cuenta nada.

—Te noto muy seria, María. ¿Qué ocurre?

—Es la señora Chelo, niña. No hace más que vender maquinaria y herramientas de las bodegas para sacar dinero. Tomás dice que, como siga así, pronto no podrá hacer ni lo más básico.

—Hay algo más, ¿verdad? —Sara conocía lo suficiente a su tata como para saber que había problemas mucho más serios que las ventas de segunda mano de Chelo.

—Nos ha echado de casa.

—¿La casa de los almendros? —María asintió.

—Dice que va a ponerla en venta o en alquiler para sacar un dinero mensual. Le hemos dicho que el señor Miguel puso las escrituras a nuestro nombre, pero dice que buscará un abogado para que no sigamos disfrutando de algo que no nos pertenece.

—Tranquila, tata. Sabes que no puede hacer eso.

—He vivido en estas tierras desde que tenía cinco años. Esa casa se la prestó el señor Miguel a mi padre cuando comenzó a trabajar para él. No conozco otro lugar.

—No te preocupes. No tendrás que irte, ni tú ni los tuyos. Yo me encargaré de todo.

—¿Cómo vas a hacerlo, lucero? Ella ha tomado el mando en esta casa y...

—Lo sé.

—¿Has venido para quedarte? —preguntó María, entusiasmada.

—No vamos a hablar ahora de eso. Esperemos a ver cómo suceden las cosas, ¿vale?

Sara no quería decirle la verdad. Solo iba a quedarse allí hasta que tuviera lugar la lectura del testamento, después se iría. No podía hacer nada por las bodegas ni con la deuda ni con su cuñada. Lo único que tenía claro era que la casa les pertenecía a los padres de Tomás, aunque el suelo fuera de las bodegas Villagalvés. En caso de que estas se vendieran, un tanto por ciento les correspondería a ellos por la venta de su casa. Con ese dinero podrían comenzar en otra parte, o tal vez, si algún comprador tenía la idea de aprovechar el terreno, podrían incluso trabajar para él.

Eran muchos los pensamientos que acudían a la mente de Sara, pero todos fueron interrumpidos por la llegada de Tomás. No llevaba puesta la ropa de trabajo, sino un vaquero azul claro y una camisa lisa de color blanco que acentuaba el moreno de su piel. Llevaba el pelo engominado y un afeitado a fondo. En cuanto entró en la cocina, un exquisito olor a loción masculina inundó las fosas nasales de Sara.

«¿Cómo puedo perder el control de esta manera?», pensó.

—¡Has vuelto! —dijo él.

Era la tercera vez que se lo decían aquella mañana. A pesar de saber que tanto María como Manuel se alegraban de verla, deseó que Tomás realmente lo disfrutara.

—Se va a leer el testamento tarde o temprano, así que me he adelantado.

—Voy al pueblo —dijo mientras se inclinaba para darle un beso en la mejilla a su madre.

—¿Te vas? —preguntó Sara, decepcionada. Había supuesto que se sentaría a la mesa a hablar con ella.

—Tengo que vender una barrica. ¿Quieres venir?

«Claro. Estaba pensando precisamente en eso. Sentarme a escasos centímetros de ti, deleitarme oliendo tu aroma mientras me embeleso con los movimientos de tus manos y sueño con el lugar exacto donde me gustaría colocarlas», pensó.

—Mejor no. Me quedaré aquí hablando con tu madre —se obligó a contestar. Tenía que permanecer lo más lejos posible de aquel hombre.

—Bien. Volveré lo antes posible. —Una amplia y dulce sonrisa se dibujó en su rostro.

«¿Estará contento de verme?», se preguntó Sara.

—¿Te das cuenta? —la interrumpió María—. Ya lo ha mandado a vender esa barrica.

—¿Quién? ¿Chelo?

—¿Quién más? Es peor que el pobre Raúl, que en paz descanse. —María se levantó—. Ya viene a por el desayuno, voy a preparárselo.

—¿Qué...? —Sara apenas había empezado la frase cuando la interrumpieron.

Chelo entró en la cocina aún en pijama, con una bata de seda color rosa claro por encima. Sus ojos miraron directamente al lugar donde Sara estaba sentada y se paró en seco.

—¿Qué haces aquí otra vez?

—He vuelto —le tocó contestar ahora a ella.

—¿Piensas que mi hermano te ha dejado algo en el testamento? No eres más que una ilusa.

—No. No creo que me haya dejado nada, pero tú debes de saberlo mejor que nadie.

—¿Yo? Ni siquiera sabía que Raúl había hecho testamento. Nunca hablamos de eso.

—De todas formas, era mi hermano. Me llamarán como familiar directo que soy y, si no hago acto de presencia, la lectura no tendrá lugar, así que no queda otra.

—Como quieras. María, llévame el desayuno a mi habitación. Prefiero comer sola —dijo Chelo lanzando una mirada despectiva a la recién llegada—. Por cierto, María, a las cuatro tenemos que estar en el juzgado de Mérida para abrir el testamento. Dile a Tomás que necesito que me lleve.

—Pero ¿no pensabas decírmelo? —preguntó enfadada Sara.

—Acabo de hacerlo.

—Serás...

—No te alteres, lucero —dijo María mientras veía a Chelo salir de la cocina—. Ella es así. Hace unos días llegaron varias cartas certificadas. Seguro que una era para ti.

—Y si no me presento hoy, ni me entero. Acabo de llegar y ya me estoy arrepintiendo de haberlo hecho. No soporto estar aquí, tata. Esta casa me trae malos recuerdos, me altera.

—No es la casa, cariño, sino la gente que vivió y sigue viviendo en ella.

—Nunca me sentí querida.

—No digas eso, me duele en el alma —susurró María.

—Manuel y tú me disteis mucho más cariño que mis propios padres.

—La señora Ana estaba muy enferma.

—Sí, y a mi padre lo enfermaba yo.

—No guardes resentimientos, lucero. Algún día...

—Algún día ¿qué, tata?

—Todo cambiará. De las buenas raíces siempre brota la mejor semilla.


Sara dejó que Chelo se sentara en la parte delantera del coche de Tomás. Durante el trayecto, apenas hubo conversación entre los tres, solo miradas fugaces. A la hora exacta, ambas mujeres entraron en el despacho del notario. Pasaron a una sala fría y gris, provista de una mesa larga y ovalada, rodeada de sillas con asientos tapizados en rojo. El notario se sentó en un extremo y, a los lados, Sara y Chelo. La lectura del testamento comenzó, concediendo a la esposa del difunto la posibilidad de vivir en La Villa hasta que ella lo considerara oportuno. En caso de mantener una relación amorosa con alguien, no podrían permanecer allí.

Las dos mujeres guardaron silencio esperando que el señor notario continuara dirigiéndose a Chelo, pero el resto del documento no especificaba nada más al respecto. Entonces comenzó a leer ciertas normas que se adjuntaban al documento principal y que tenían décadas de antigüedad. Eran normas específicas que había dictado su bisabuelo.

## Capítulo 7

Sara y Chelo permanecían atentas a las palabras del notario.

—Según las condiciones expuestas por el primer fundador de las bodegas, estas deberán recaer única y exclusivamente en un Villagalvés, por lo que las tierras, las bodegas y la casa principal quedan a cargo de la señorita Sara Villagalvés, aunque la casa está hipotecada —comentó el señor notario—. Queda prohibida la venta parcial o total de ninguna propiedad, así como la asociación con terceros, a menos que continuar con el patrimonio familiar suponga la ruina personal.

Decenas de palabras y expresiones complejas salían de la boca del notario sin que ninguna de las dos prestase mucha atención. Chelo continuaba esperando que Raúl le hubiera dejado algo más. Sara se preguntaba por qué ahora una mujer podía dirigir las bodegas.

—Bien, señoras. Eso ha sido todo —concluyó el notario tras leer la letra pequeña del testamento.

—¿Cómo? —gritó encolerizada Chelo—. ¿Quiere decir que eso es todo lo que me ha dejado mi marido, vivir en casa de otros?

—Chelo, por favor —trató de calmarla Sara.

—Por favor, nada. —Su cuñada se dirigió hacia el asiento del notario y le gritaba como si él fuera el culpable de lo escrito en el testamento. Después lanzó su ira hacia Sara—. Tú te quedas con todo y yo tengo que recibir las migajas, ¿eso quieres?

—Es la voluntad de mi hermano.

—Señora... —trataba de mediar el notario.

—Yo soy su esposa. Yo soy quien debe heredarlo todo.

—Señora...

—Ya has oído al notario, son normas del primer fundador, ni siquiera mi padre tuvo algo que ver.

—Y una mierda. ¡Raúl tenía que haberlo cambiado! Si no lo hizo fue porque... Pienso impugnar el testamento. Eso no era lo que habíamos acordado.

—¿Acordado? ¿No me dijiste que nunca habíais hablado del testamento?

—¡Señoras, por favor! —chilló el notario.

—¿Qué? —preguntaron las dos al unísono.

—Si no estáis de acuerdo con la voluntad del señor Villagalvés, podéis impugnarla, estáis en vuestro derecho, pero aquí no se viene a gritar, ¿de acuerdo? Si no tenéis ninguna pregunta más que hacer, me marcho.

El todoterreno de Tomás entró en la explanada de La Villa tras recorrer un trayecto en el que ninguno pronunció ni una sola palabra. Cuando el coche se detuvo, Chelo salió corriendo hacia la casa.

—Niña, ¿estás bien? —preguntó María a Sara, mientras intentaba que Chelo no la arrollara.

—Sí, no te preocupes, tata.

—Te lo ha dejado todo a ti, ¿verdad?

—Son normas de la familia.

—Ay, niña. Tú solita con todo esto. ¿Cómo lo vas a hacer?

—Ya veremos, María, ya veremos.

Todos entraron en la casa y cada uno se dirigió a sus propios quehaceres. Sara entró en el despacho, se sentó en el sillón de cuero negro de su padre y miró la cantidad de papeles que se esparcían por encima de la mesa.

—Tendré que ponerlo todo en orden —se dijo, absorta en sus pensamientos.

El ruido que produjo un cajón de madera que cayó al suelo la hizo mirar hacia la puerta. Se levantó despacio y salió del despacho. Al final del pasillo, a la derecha, se encontraba la habitación que había sido de su madre. Estaba abierta y se escuchaba ruido de papeles. Sara se detuvo un instante en la entrada del cuarto y vio a Chelo sentada en el suelo, con una gran cantidad de hojas amarillentas y objetos diversos esparcidos por todas partes. Sobre sus piernas sostenía un cajón más pequeño, tal vez de la mesita de noche. Leía con interés lo que a simple vista parecía una carta antigua.

—¡Ja! ¡Lo sabía! ¡Aquí está! —gritó, poniéndose de pie y volviéndose hacia la puerta. Entonces, vio a Sara—. ¿Sabes por casualidad qué es esto?

—Estoy segura de que me lo vas a decir tú.

—Claro que lo haré. Esta carta era la que yo buscaba. ¡Aquí lo dice todo! Ahora sí, impugnaré el testamento y no podrás hacer nada para impedirlo.

—¿Qué es eso? ¿De qué estás hablando?

—De ti, de tu apellido. El primer fundador dice que todo debe quedar en manos de una Villagalvés, ¿verdad?

—Sí, eso dice.

—Pues siento mucho anunciarte, querida cuñada, que tú no eres una Villagalvés —anunció con despotismo—. Ana, tu madre, le puso los cuernos a Miguel, lo dice aquí.

Las palabras de Chelo dejaron a Sara sin respuesta. Hubiera aceptado cualquier pataleta de niña consentida, pero lo que acababa de decir no tenía sentido, no podía ser verdad.

«¿No soy hija de mi padre?», se preguntó.

Aquella desgastada carta no podía anunciar una verdad tan impactante. Estaba segura de que su madre le hubiera insinuado algo en cualquier momento. ¿O quizá no? De pronto todo encajaba. Estaba claro que su padre se habría enterado de la verdad y por eso trataba a su madre con tanto despotismo; y a ella... a ella la apartó de su vista.

—¿No vas a decir nada? —Chelo aireaba la carta frente a sus ojos, nerviosa y alterada por la situación. Había encontrado el documento poco después de la muerte de Miguel. Raúl le había pedido que guardara el secreto. Si sus padres no le habían contado nada, nadie tenía derecho a hacerlo. De todos modos, ella ya no formaba parte de sus vidas, ya no vivía en La Villa. El tiempo había pasado y nadie volvió a tocar la carta jamás. Ahora todo había cambiado. Sara se había convertido en la única heredera, mientras que Chelo no tenía nada.

—Déjame leerla —suplicó Sara.

—¿Crees que soy tan estúpida? No te voy a entregar las pruebas que me ayudarán a conseguir lo que me pertenece.

—Si no soy una Villagalvés, rechazaré la herencia. Ahora mismo, el testamento es solo una desgracia para mí. Dame un buen motivo para poder salir de estas tierras sin problemas y no volverás a verme.

Chelo se quedó mirándola un momento. Tal vez lo que decía su cuñada podría ser cierto. Desde que había llegado, no había hecho otra cosa más que quejarse por las facturas ajenas que debía pagar. Si no era hija legítima de Miguel, no tendría derecho a recibir ninguna herencia. Le dio la carta y permaneció cerca de ella mientras la leía.

15 de diciembre de 1981

A mi amado:

Sé que no puedes leer estas letras ni tampoco hablar conmigo a escondidas en la zona sur del riachuelo, pero tengo la necesidad de contarte mis penas, que cada día son más y más duras.

Miguel sigue tratándome como a la cocinera de la casa. Hace meses que dormimos en habitaciones distintas, aunque, cuando quiere, va a buscarme. Bueno, desde que supo que estoy esperando no ha vuelto.

No sabes cuánto te extraño y lo que daría por estar bajo el árbol gordo, pegada a tu pecho. Me consuelo, pensando que una parte de ti crece dentro de mí. Voy a querer a este niño o niña más que a nada en el mundo, solo por ser tuyo, mi amor.

Ojalá estuvieras aquí conmigo. Si fuera así, le contaría a Miguel la verdad o nos escaparíamos a vivir nuestro amor para siempre.

Te quiere, siempre tuya,

Ana

—Qué piensas ahora, ¿ah? —le gritó Chelo.

—¿Quién te dio esta carta?

—Nadie. Raúl y yo buscábamos unos papeles que el abogado necesitaba días después del funeral de Miguel y descubrimos un secreter en esta mesilla, un cajón oculto.

—Un secreter.

—Eso es —continuó Chelo al tiempo que colocaba de nuevo el cajón en su lugar para que viera el mecanismo—. Tenía la llave echada y durante varios días estuvimos registrando la habitación a ver si la encontrábamos. Un día, miré debajo de la cama y la encontré pegada al cabecero. Abrimos el cajón y estaba lleno de papeles y objetos antiguos. Entre ellos, estaba esta carta.

—¿No tenía sobre? ¿Destinatario? —Las lágrimas comenzaban a escapar de los ojos de Sara. Desde pequeña había tenido sospechas, cada cual más extraña, pero eso... que Miguel no fuera su padre, que su madre hubiera estado con otro y nunca se lo hubiera dicho...

—No. Solo había eso —contestó su cuñada—. No entiendo por qué te pones así. Llevas fuera más de veinte años; viniste una vez, al entierro de tu padre, y saliste escaldada; ahora vuelves y te encuentras con todo este jaleo... Siempre has dicho que no te sentías parte de esta familia y acabas de saber el porqué.

—¿Y crees que es agradable enterarte de algo así precisamente ahora?

—Míralo por este lado: podrás volver a tu redacción de Londres y continuar con tu vida como si nada.

Sara sacó el móvil del bolsillo y le hizo una foto a la carta, se la devolvió a Chelo y salió de la habitación. Caminó fuera de la casa como sonámbula. Atravesó el patio principal y continuó por los líneos de cepas. Tenía que reconocer que era el lugar más maravilloso por el que se podía pasear. Al final de la plantación se encontraba el nogal al que siempre le habían llamado «el árbol gordo». Su sombra había refrescado las tardes que Sara pasaba con Tomás mientras los demás echaban la siesta. Resultaba curioso pensar que aquel lugar había sido testigo de un amor tan puro como el suyo y que no era la primera pareja que el árbol escondía. Allí mismo, su madre había mantenido una relación amorosa con el hombre que, se suponía, era su padre. En la carta quedaba claro que estaba enamorada de él, no solo porque lo llamaba «mi amado», sino por todo lo que le decía.

Se encontró frente al tronco que había sido testigo del amor entre su madre y «él»; sobre su cabeza, se alzaban las ramas que habían servido de techo a su aventura. Sara se volvió hacia la casa. Estaba tan cerca. No era distancia suficiente para haber mantenido una pasión secreta. Los podrían haber descubierto con facilidad, igual que a Tomás y a ella. Se acercó a la sombra y se sentó. Cerró los ojos. Trató de imaginarse el encuentro amoroso entre dos personas que tenían mucho que ocultar y, sobre todo, que esconder. No era fácil, ya que los cuerpos que aparecían en la imagen eran los de Tomás y ella con trece años. Pensó en su madre. Había sido tan infeliz en su matrimonio... Eso no hacía falta que se lo hubiera dicho, bastaba con ver la actitud de su padre, bueno, de Miguel, y la prudencia de su madre.

—Miguel, me va a resultar difícil no pensar en ti como padre.

Si no hubiera estado tan pendiente de sus coqueteos con Tomás, a lo mejor su madre y ella podrían haber hablado y le hubiera contado algo. Sara descartó esta idea en cuanto la pensó. Ana era una persona muy introvertida y enfermiza. Tenía continuos dolores de cabeza que la hacían retirarse a su habitación, donde permanecía encerrada durante horas. O eso había pensado siempre. Ahora, después de saber que tenía un secreter en su mesilla, que escribía cartas de amor y que mantenía relaciones con otro hombre, pensaba que podrían ser excusas para permanecer a solas, ensimismada en sus cosas, soñando con lo que no podía ser.

Sara se incorporó y trató de eliminar la tierra del trasero de su pantalón con las manos. Miró el grosor del tronco y alzó la mirada hacia el comienzo de las ramas. Un palmo más arriba de su cabeza creyó ver algo parecido a un corazón con algo escrito en su interior. No podía verlo con claridad porque su altura no era suficiente para alcanzar el lugar de las marcas y no encontró nada que pudiera ayudarle a alzarse. No tuvo más remedio que dejarlo como estaba y pensar en qué hacer para volver a verlo con detenimiento.

El estómago comenzaba a quejarse por la falta de alimento. Tomando el mismo camino que la trajo hasta el árbol gordo, volvió sobre sus pasos y entró directamente en la cocina. María aún estaba atareada con los últimos detalles de la mesa. Sin decir ni una palabra, Sara se dispuso a ayudarla.

## Capítulo 8

Todo estaba preparado para la cena y, a pesar de estar juntas en la cocina, María y Sara apenas habían cruzado dos palabras.

—Estás muy callada, niña. ¿Piensas en el testamento?

—No se me va de la cabeza —mintió.

Por nada del mundo quería dar explicaciones de lo que acababa de saber ni dar más información de la necesaria. Aunque, si lo pensaba con frialdad, podría ser buena idea hablar con María. No había nadie más cercana a su madre que ella y seguro que sabía más de lo que Sara podía imaginar.

—Oye, tata...

—¿Ya está la cena? Me muero de hambre —dijo Tomás entrando directamente al fregadero para lavarse las manos.

—Te he dicho miles de veces que este no es lugar para lavarse las manos —dijo su madre mientras le daba con el paño de cocina en el trasero.

Sara observó la escena y soltó una sonrisa al ver cómo Tomás se rascaba la nalga derecha tras el pañoletazo que le había dado su madre. Se sentó frente a ella y mordió un trozo de pan.

—Te ves muy bien cuando sonríes.

—Últimamente tengo pocas oportunidades para hacerlo.

—¿Qué me ibas a decir antes de que entrara este maleducado? ¡Espera a que estemos todos para empezar a comer! —le riñó de paso a su hijo—. Aún falta tu padre y la señora Chelo.

—Nada importante, María. Nada.

Sara también cortó un trozo de pan y se lo metió en boca.

—Los papeles dan hambre, ¿ah? —dijo Tomás, riendo.

—Tenemos un enorme salón en la casa... ¿No podríamos comer nosotras allí? —interrumpió, a voces, Chelo.

—Si quieres comer sola, llévate tus cosas. Yo prefiero estar acompañada —aclaró Sara.

—¿Por gente ignorante?

—Por mi gente.

—Tú no tienes a nadie aquí —declaró Chelo.

Sara fue hacia ella desafiante y Tomás la siguió.

—Haya paz, señoras.

—Además... —continuó Chelo, ignorando las palabras de Tomás —. Pensé que tras enterarte de todo harías tus maletas y te irías.

—Legalmente no puedo. En cuanto lo arregle todo, me iré.

—Sírveme en el salón, María. —Con una sonrisa en los labios, Chelo chasqueó la lengua y salió de la cocina.

—¿De qué te acabas de enterar? —preguntó Tomás.

Sara esperó a que María saliera de la cocina y lo miró directamente a los ojos.

—Chelo va a impugnar el testamento.

—No puede hacer eso. ¿Por qué?

—Porque no soy una Villagalvés.

La mirada de extrañeza de Tomás permitió que transcurrieran varios segundos en silencio. Un silencio que fue interrumpido por Manuel, a pesar de no mediar palabra. Fue hacia el fregadero y abrió el grifo. Sara sonrió al darse cuenta de que Tomás había copiado la costumbre de su padre de lavarse las manos donde no debía.

—¿Y tu madre? —preguntó Manuel a su hijo—. ¡Señorita Sara, buenas tardes!

—Por favor, Manuel. Llámame solo Sara, ¿vale?

—Está... Mira, ahí viene —añadió Tomás.

—Tata, ¿por qué vuelves con la bandeja llena? —preguntó Sara.

—Son muchas calorías para la señora. Quiere ensalada verde y bistec —dijo María, cansada de tantos caprichos.

Sara fue hacia la anciana, la sujetó de los hombros y la obligó cariñosamente a sentarse junto a la mesa.

—Pues yo creo que la señora Chelo tiene dos opciones: la primera que prepare lo que ella quiera con sus propias manos, que ya es mayorcita, y la segunda que siga visitando el mismo lugar en el que ha comido diariamente los últimos meses. Siéntate y come, por favor.

—Pero niña...

—Nada. Gazpacho y tortilla, eso es lo que hay. ¿Tenéis idea del tiempo que hace que no como este manjar? Ella se lo pierde. Que aproveche —les dijo a todos.

Sara rezó porque Tomás no sacara el tema del apellido. No quería hablar sobre eso delante de María y Manuel. Por suerte, hablaron de los viñedos, como de costumbre.

—¿Cuánto se puede tardar en hacer una ensalada? —preguntó a gritos Chelo, entrando en la cocina.

María se puso nerviosa y trató de levantarse de forma inmediata. Sara la sujetó del brazo para demostrarle que no pasaba nada y le habló a su cuñada.

—En realidad, muy poco, Chelo. Tata, ¿hay verduras? —preguntó Sara sin dejar de sujetarla.

—Sí, niña, del huerto que cuida Manuel.

—¿Y algo de carne?

—Hay pechuga de pollo en el frigorífico.

—¿Has visto? Tienes de todo. ¡Qué suerte! —exclamó Sara.

—¿Pretendes que cocine yo? ¡Vamos, levántate! —le gritó a María.

Tomás y Sara se indignaron al mismo tiempo, pero fue ella quien se adelantó. Sara se acercó a escasos centímetros de Chelo y con voz serena le aclaró:

—Te lo voy a decir solo una vez. No vuelvas a tratar a María ni a nadie de su familia como acabas de hacerlo. Te crees la dueña y señora de todo esto, ¿no?, pues paga todas sus nóminas atrasadas y se ocuparán de ti. Mientras sigan aquí de forma altruista, por amor a esta casa, no trabajarán más que para ellos mismos. ¿Te queda claro?

Chelo no respondió, giró sobre sus talones y cerró la puerta de la cocina dando un fuerte portazo. Sara volvió a su asiento y sujetó el tenedor, pero ya no tenía apetito para seguir con la cena y los demás tampoco.

—Fregaré los platos —comentó Sara.

—Tienes muchos asuntos que organizar, niña. Vuelve a tus cosas —le rogó María.

Sara respiró profundo, intentando tranquilizarse. Recogió su plato y su vaso, y los llevó al fregadero, después se marchó a la cama. Con la sospecha de que no iba a conciliar el sueño, decidió tomar un somnífero.


Ni las pastillas ni la ducha con agua bien fría habían conseguido mejorar la sensación de agotamiento de Sara. Eran más de las nueve cuando se disponía a desayunar. Entró en la cocina y vio a Tomás y a sus padres sentados a la mesa, bebiendo café y tomando unas deliciosas pastas.

—¿Hoy no hay tostadas? Buenos días.

—Enseguida te preparo una, lucero. —María se puso de pie, pero Sara se lo impidió.

—No hace falta, tata. Estas pastas deben de estar riquísimas.

Tras una conversación ligera, Sara pensó que echaría un rato en el despacho, poniendo al día algunos documentos.

—Bueno, yo me retiro al despacho. Tomás ¿te importaría echarme una mano?

La noche anterior le había dicho a Tomás que no era una Villagalvés y no había tenido tiempo de darle más explicaciones. Estaba segura de que en cuanto se quedaran solos en el despacho, él sacaría la conversación y le preguntaría. Así fue.

—Ayer me dijiste que no eres una Villagalvés. ¿Podrías explicarme qué significa eso?

Sentada en el sillón de su padre, le habló de la carta y de sus sospechas desde niña de llevar un secreto a cuestas que ni siquiera ella conocía. Ahora todo estaba claro: por qué su padre no la quería, por qué su madre callaba y aguantaba los desplantes, por qué su hermano no la invitó a la boda...

—No tiene sentido. Tu hermano hizo testamento mucho después de casarse. Si ya lo sabía, ¿por qué no lo modificó? —preguntó Tomás.

—Eso no lo sé. Tal vez por no dejárselo a Chelo. A lo mejor ellos no estaban bien o...

—Sí. No se llevaban nada bien y todos éramos testigos. A ella lo único que le interesa es el dinero. En cuanto Raúl se lo negaba, se escuchaban las voces hasta en el árbol gordo.

María limpiaba la vajilla usada durante el desayuno y apilaba los platos uno encima de otro. Sigilosa, Chelo entró en la cocina y cogió uno de los paños blancos que había en la mesa. Con lentitud comenzó a secar la vajilla mientras sentía la mirada de la cocinera clavada en sus manos.

—Siento mucho lo que te dije anoche, María. No debí hablarte así. Entiende que fue un mal día para mí.

—Para todos lo fue, señora.

—Tú eras muy amiga de la señora Ana, ¿verdad? —preguntó Chelo tras unos segundos de silencio.

—Era la señora de la casa y mi obligación...

—Sí, pero os llevabais bien, ¿no?

—Claro.

—¿Y hablabais de cosas personales?

—¿Cómo de personales?

La anciana cambió de tarea y caminó hacia el rincón de la alacena, con varios platos en las manos, a sabiendas de que la señora no cortaría la conversación.

—¿Te llegó a contar de quién estaba enamorada?

—De su marido, por supuesto.

—Bien sabes que no, María. La señora Ana tenía un amante.

—No sé de dónde saca usted eso.

—De esta carta. —Chelo se acercó a la cocinera y le enseñó el papel amarillento—. Esta es su letra, la escribió ella.

—Eso no quiere decir nada. La señora escribía historias de amor. Seguramente era la carta de alguno de sus personajes.

Chelo se rio a carcajadas al escuchar la excusa tan infantil de María.

—Vaya forma de proteger a tu señora. Raúl decía que nunca salía de casa. Si tenía un amante, se veía con él aquí, en las bodegas. ¿Quién era, María? ¿Quiénes trabajaban en aquella época? Necesito saberlo.

—Yo no sé nada, señora.

—No te preocupes. Soy muy tozuda y acabaré enterándome de quién fue.

Chelo salió rabiosa de la cocina. Había confiado en conseguir la información que necesitaba, pero la vieja María no había soltado ni una palabra. Debería investigar por su cuenta.


A media tarde, recibieron la visita de alguien inesperado. Era el señor Ignacio Vargas, el director del banco que llevaba las cuentas de las bodegas. Tras una reunión donde hubo más silencios que palabras, Sara acabó entendiendo que tendrían un mes para pagar toda la deuda acumulada en los últimos meses o el banco lo embargaría todo. Ahora sí. Sara tenía un gravísimo problema.

—¿Qué vamos a hacer? —preguntó preocupado Tomás, después de despedir al banquero.

—Será mejor que vaya al notario y yo misma impugne el testamento.

—Eso no servirá de nada, Sara.

—Si no lo hago yo, lo hará Chelo.

—Da igual quién impugne el testamento. ¿No lo entiendes? Las normas son muy claras. Las propiedades solo serán heredadas por un Villagalvés. Si tú demuestras que no lo eres, ya no quedará nadie más. Todo esto se lo quedará la Administración y habréis perdido las dos.

—Entonces, lo mejor es venderlo todo, y cuanto antes, mejor.

—¿Vender? ¿Te has vuelto loca? ¿Has visto los viñedos? Están cargados de uva. En unas semanas podremos vendimiar y todo lo que recojas será para ti. Podrás pagar lo que debes y ya está.

—¿Y cómo esperas que haga eso, Tomás? Ya no tenemos jornaleros y, si los tuviéramos, no tendría dinero para pagarles. Además, tú me dijiste ayer que la uva era de pésima calidad.

—Para realizar el vino de la familia, pero no para otros manejos.

—No puedo quedarme aquí, Tomas. Tengo que volver a la redacción. No puedo hacerme cargo de las bodegas.

—¿No puedes o no quieres? ¿Dónde está aquella niña que soñaba con elaborar el mejor vino que jamás hubiera sido probado? Aquella misma niña que me decía que las raíces era la mejor parte de una cepa, porque ahí se encontraba la fuerza interior.

—¿Cómo puedes acordarte de esas cosas?

—Me acuerdo de eso y de mucho más, Sara —susurró Tomás mientras se acercaba a ella y le acariciaba con suavidad la mejilla. Un fuerte cosquilleo recorrió cada poro de la piel de Sara. Sabía que se estaba aproximando a un precipicio, a un abismo conocido y temido al mismo tiempo—. Jamás he dejado de escuchar tu voz en mi interior. ¿Tú sí?

—De eso hace ya mucho tiempo.

«No me toques, por favor. Quiero cerrar los ojos y cruzar la puerta del tiempo. Quiero que me abraces y sentirme segura entre tus brazos. Oh, Señor, ¿cómo he podido estar tanto tiempo sin sentir su piel?», pensaba Sara.

—Lo nuestro acabó cuando estaba comenzando —alcanzó a decir ella, con voz entrecortada.

—Te equivocas. Lo nuestro empezó cuando jugábamos a las carreras con los triciclos. Desde entonces, supe que serías la mujer de mi vida.

—¿La misma que dejaste ir sin decir nada, sin despedirte siquiera? —Los dolorosos recuerdos aparecieron de pronto, obligándola a coger de nuevo las riendas que acostumbraba a dirigir la mujer independiente y luchadora que era.

—Hay cosas que no sabes.

—¿Como qué? ¿Que te dio miedo escapar conmigo? —gritó enfurecida. Quería sacarle la verdad a toda costa. Deseaba con todas sus fuerzas que confesara que fue un cobarde, que prefirió quedarse en su zona de confort para no arriesgar su vida.

—Tenía todo preparado para encontrarnos a las doce en el árbol gordo, tal y como acordamos...

—Pero ¿qué? ¡Dímelo! —Sara sentía un nudo en la garganta. Quería decirle muchas cosas, preguntarle sobre Maite, la hija de un jornalero, aunque sabía que si pronunciaba una sola palabra más las lágrimas delatarían lo que aún seguía sintiendo por aquel hombre.

«Llevo años deseando saber qué pasó, pero no te voy a dar el placer de contármelo, no quiero escucharte», pensó.

Tomás deseó por un segundo estrecharla entre sus brazos y demostrarle que aquel sentimiento que surgió de niño seguía intacto en su corazón. Quería que callara, que lo dejara explicarse, que confiara en él, pero cometió el error de fijarse en sus ojos llenos de ira, de resentimiento.

«Ya no queda nada de aquel amor puro que sintió de niña», pensó Tomás.

# Capítulo 9

Tomás y Sara mantuvieron la mirada fija el uno en el otro, sintiéndose tan cerca y tan lejos al mismo tiempo.

«Si tu abandono doliera un poco menos...», pensó ella.

«Si hubieras albergado la posibilidad de volver», pensó él.

—¿Interrumpo?

—¡Henry! —gritó Sara mientras corría a sus brazos, dándole por fin libertad a esas lágrimas reprimidas que, aunque no eran por él, su llegada sirvió para desahogarse.

Tomás observó la escena romántica y sintió celos de aquel desconocido. ¿Quién era? ¿Qué era para ella? ¿De dónde había salido? El corazón se le revolvió y no pudo continuar allí de pie, esperando que lo presentaran. Sin más, salió del despacho. Sara aceptó que el abrazo que le estaba dando a su amigo era el más falso que jamás había dado. En el fondo, le dolía que no hubiera sido Tomás quien la abrazara.

—Te juro que, si llego a saber que me vas a recibir así, vengo antes.

—¿Qué haces aquí? —preguntó ella, secándose las lágrimas.

—He venido a ayudarte. Sé que tienes problemas, al parecer, graves. ¿Por qué lloras? ¿Es por mí? —Henry deseó con todas sus fuerzas que le diera una respuesta positiva.

—Es la emoción.

—Oh, *honey*. ¡Qué lugar tan divino! Y qué ganas tenía de regresar a este hermoso país. Practicar español contigo me ha ayudado más de lo que imaginaba —comentó mientras se sentaba cómodamente frente al escritorio.

—Me alegro mucho, Henry. Oye, ¿cómo sabías lo de las deudas? Cuando hablamos por teléfono me preguntaste directamente por ellas y yo nunca te lo conté.

—No lo sabía. Lo sospeché —contestó de inmediato—. Me dijiste que tu hermano se había muerto por culpa del alcohol. Así que até cabos. Nadie se muere de la noche a la mañana a causa del alcohol ni te vuelves adicto en dos días. Las bodegas llevarían mucho tiempo descuidadas. Abandono del trabajo, igual a deudas.

—Pues sí. Unas deudas a las que tengo que hacer frente yo, que se supone que no tengo nada que ver con esto. Tengo un mes para pagar o me embargarán todo. De cualquier manera, hay cosas más graves, Henry.

—¿Por ejemplo?

—Acabo de descubrir que no soy una Villagalvés. Mi madre mantuvo en secreto una relación con otro hombre.

—¿Cómo sabes eso?

—Por una carta suya. Tomás dice...

—¿Tomás? ¿El jornalero que soñaba contigo?

—Mi amigo de la infancia, Henry. No te burles. —A Sara no le gustó el tono despectivo con el que se refirió a Tomás—. Estaba aquí cuando has llegado.

—Y se ha ido sin saludar.

—Bueno, él dice que, si impugno el testamento, al no haber otro heredero, todo pasará a la Administración.

—Así es. Es mejor que no toques ese asunto. Ya no hay nadie que pueda justificar eso, ¿no?

—La esposa de mi hermano, Chelo.

—Ella no es una Villagalvés. Tendrás que hablar con ella, convencerla de que no saque a la luz tus orígenes o lo perderéis todo.

—Lo haré. Henry, tienes que ayudarme a poner esto en venta y poder pagar las deudas. Si queda algo, ya veremos cómo repartimos. Solo quiero volver a Londres y olvidarme de este lugar.

—¿Vender? Ni se te ocurra.

—¿Tú también?

—¿Quién más?

—Tomás dice que recojamos la uva que tenemos y paguemos con eso las deudas.

—Tomás dice... No me cae bien ese tipo, pero en eso estoy de acuerdo con él.

—Henry, eso supone permanecer mucho tiempo aquí, incluso, tal vez, quedarme para siempre.

—¿Te has fijado en lo hermoso que es este lugar? ¡Y todo es tuyo!

—Y de Chelo.

—Tuyo. Ella no pinta nada aquí. ¿Tienes el testamento?

—Sí. En mi habitación.

—Me gustaría leerlo.

—Voy a buscarlo.

Sara salió del despacho y Henry empezó a cotillear los documentos que se encontraban esparcidos por la mesa. Se sentó en el sillón de cuero y recorrió el frontal de la mesa con la yema de los dedos. La madera labrada de los cajones le concedía una elegancia exquisita. Varios muebles altos, de madera robusta, compartían diseño con el escritorio. Era un lugar muy acogedor, como el resto de la casa. Henry tiró de varios cajones y comprobó que permanecían cerrados con llave. El único que consiguió abrir solo contenía objetos de papelería.

Sara bajó la escalera al tiempo que ojeaba por enésima vez el testamento mientras recordaba las palabras de su padre:

«Las mujeres no pintan nada aquí, esto no es lugar para ti, no sirves para nada...»

Siempre pensó que las bodegas las dirigiría Raúl, un hombre, un Villagalvés.

A varios pasos de la puerta del despacho, Sara escuchó susurros. Hablaban tan bajo que no podía entender lo que decían. No quería ser indiscreta, así que carraspeó y entró.

—¡Chelo! No te esperaba aquí. ¿Ya os conocéis? —preguntó Sara.

—Acaba de presentarse como tu cuñada —respondió Henry.

—Sí, lo es... Eh, ¿te importaría dejarnos solos? Henry y yo tenemos muchos asuntos que tratar.

—Me urge hablar primero contigo —comentó Chelo.

—Luego te busco, ¿de acuerdo? —le contestó Sara.

Chelo se volvió hacia Henry, dándole la espalda a su cuñada para que no presenciara el coqueteo de su mirada. Hubiera preferido quedarse en el despacho hablando a solas con él, pero no tenía ninguna prisa.

—Encantada de conocerle, señor Henry.

—El gusto es mío, señora. Ah, me olvidada, la acompaño en el sentimiento. —Henry se colocó al lado de Sara y, con una amplia sonrisa, le pasó el brazo por los hombros—. Que pase buena noche, señora.

—Lo mismo digo, caballero.

Chelo salió del despacho, conteniendo la respiración. Odiaba la superioridad de Sara, la pose de niña sufrida que no hacía otra cosa que meterse en donde no la llamaban. Tenía que echarla de la casa costara lo que costara.

En silencio, Henry se tomó su tiempo para leer el testamento de Raúl.

—Esto está más claro de lo que yo pensaba. Según dice aquí, tú eres la única heredera. En cuanto a vender, no es posible a menos que existan fuerzas mayores.

—Henry, existen fuerzas mayores. No tengo dinero. Todavía debo una factura de ocho mil euros al doctor y otros mil al propietario de la funeraria. Y eso para empezar.

—Escucha, Sara. Falta muy poco tiempo para que comience la época de vendimia. Algo de dinero podrás conseguir. Además, somos los mejores amigos, puedes contar con mi dinero si lo necesitas.

—Muchas gracias, pero preferiría vender y volver a la redacción. Lo mío es el periodismo, Henry, no el campo. Ya no. Y menos después de saber que nada de esto es mío. Creo que acabo de decidirlo. Todo esto se vende y punto. —Sara se levantó del sillón y caminó hacia la puerta—. Ven, te llevaré a un cuarto de invitados. Mañana te enseñaré las bodegas y recorreremos parte de los viñedos.

—No me importaría compartir habitación contigo, si fuera necesario.

—Henry, no empieces, ¿quieres?


El gallo cantó más alto de lo normal, o eso le pareció a Sara. No le apetecía abrir los ojos y muchos menos volver a hablar de deudas, testamento o momentos del pasado.

Cuando bajó a la cocina, María le dijo que Henry y Chelo estaban desayunando en el comedor.

—Da igual. No me apetece para nada verle la cara a mi cuñada, así que me beberé un café aquí contigo, si no te importa, tata.

—Claro que no, lucero. Ten —le dijo, vertiendo café recién hecho en una taza—. Hay tostadas aún calientes. Te prepararé una.

Al mismo tiempo que Sara salía de la cocina, Henry lo hacía del salón.

—Tu cuñada es muy simpática —le comentó.

—¿Te parece? —Sara prefirió hacer un comentario neutral para no desvelar sus verdaderos sentimientos hacia ella.

—¿Dónde está esa propuesta?

—¿A qué te refieres?

—Ayer me dijiste que harías de guía por este precioso lugar.

—Es cierto. —Recorrer los viñedos y las bodegas a esas horas de la mañana era un lujo.

Sara pasó varias horas enseñándole a su amigo las instalaciones, hablando de lo que habían sido en otra época, cuando su abuelo elaboraba el mejor vino de España y enseñaba a su padre, mejor dicho, a Miguel, los pasos que debía seguir. A medida que visitaban las diferentes naves, las explicaciones de Sara eran más detalladas. En cada frase y en cada comentario se percibía el amor que sentía por todo aquello.

—Definitivamente, *honey*, creo que llevas estas tierras ancladas al pecho y a tus genes —comentó Henry, sintiéndose orgulloso de encontrar las palabras perfectas para describirla—. ¡Escucha cómo te expresas de ellas! Te brillan hasta los ojos.

—Hubo un tiempo en que creí que había nacido en el paraíso y soñé con hacer muchas cosas, ahora...

—¿Y si yo me quedara? ¿Y si...?

—¿Qué? —preguntó sorprendida.

—¿Qué dirías si preparo un proyecto enológico viable con el que los acreedores te permitan una prórroga de unos... dos años, y con el que obtengas beneficios?

—¿Dos años? ¿Cómo ibas a quedarte aquí dos años? Perderías tu empleo y yo el mío, de paso. Además, hace años que terminaste tu doble grado en enología para dedicarte a escribir.

—A escribir artículos sobre el mundo del vino, que es lo mismo. Seguiría trabajando, Sara, que es lo que importa.

—Siguen sin ser mis tierras, Henry.

—Pero la mitad eran de tu madre, míralo por ese lado. Seguro que a ella le hubiera gustado que continuaras con el negocio familiar.

—No sé qué pensar.

Henry se acercó a Sara y le cogió una mano con suavidad. Después le acarició la mejilla y la obligó a alzar la mirada.

«Daría mi vida entera por besarte, aunque solo fuera un segundo», pensó.

Su mirada era tan intensa, que lo dejaba sin respiración.

—¿Dime que estas tierras no te traen a la memoria momentos inolvidables y sentimientos de pertenecer a un lugar verdaderamente tuyo? —preguntó Henry.

Sara movía la cabeza en señal de rechazo.

—Puede que tu padre no te quisiera, como tú siempre has dicho —continuó el caballero inglés, tratando de convencerla—. En cambio, tu madre te adoraba y seguro que aquí había más personas que sentían lo mismo, hasta ese... jornalero con el que correteabas. Solo debes pensar en eso.

«Mi jornalero. Tomás», recordó. El hombre al que había amado con todas sus fuerzas, al que vio besarse la noche de la huida con la hija de otro trabajador. Así fue como supo que no se iría con ella, que no la esperaría en el árbol gordo a la hora pactada.

—Si todo eso lo pongo en una balanza junto con la reciente noticia de que no soy una Villagalvés, puedes imaginar qué parte gana. Quizá sí tenga muchos recuerdos que merezca la pena conservar de este lugar, pero también hay otros que necesito olvidar. Además, me urge irme, así de sencillo. Ya está decidido y no quiero pensar más en ello. Ayúdame a buscar una inmobiliaria, Henry. Pondremos las Bodegas Villagalvés en venta.

—No creo que hoy domingo haya muchas inmobiliarias abiertas —dijo Henry sonriendo—. ¿Qué te parece si lo dejamos para mañana y ahora me terminas de enseñar estas preciosas bodegas?

Sara lo miró a los ojos y resopló en señal de derrota. Estaba agotada y deseaba, con todas sus fuerzas, pensar en otra cosa que no fueran facturas, tierras y deudas.

—Está bien, vamos.

Parte de la tarde la pasaron en el despacho, tratando de organizar las facturas, documentos y demás asuntos de las bodegas.

—Ya no puedo más —objetó Sara—. Necesito salir de aquí.

—Te falta mostrarme las naves principales. ¿Quieres que salgamos?

—Cualquier cosa menos estar aquí encerrada.

## Capítulo 10

Sara disfrutaba de la compañía de Henry más que de la de Tomás. El inglés no despertaba su ansiedad, sus deseos y necesidades de mujer; era solo un amigo con el que podía conversar sobre cualquier tema.

El último lugar que a Henry le faltaba por conocer era la sala de las barricas. Estaba hipnotizado con lo que observaba a su alrededor y tenía la sensación de haber pasado el mejor día de su vida. No llevaban más de cinco minutos allí, cuando los interrumpieron.

—¡Señora Sara! —gritó Manuel—. Seño... ¡Ah! ¡Está usted aquí! María la necesita en la casa. Me ha mandado a avisarla.

—Gracias, Manuel. Ahora mismo voy. ¿Quieres venir? —le preguntó a su amigo.

—No. Prefiero seguir echando un vistazo. Ve tú.

Henry la vio alejarse junto con Manuel y después miró con detenimiento a su alrededor. Estaba seguro de que vivir en un lugar tan ideal como el que pisaba tendría que ser toda una experiencia. Se introdujo las manos en los bolsillos del pantalón de pinzas color gris oscuro y caminó por el patio principal hasta la sala destinada a los conos de vino. Observó el cuadro de temperaturas y abrió uno de los grifos para ver si salía algo de vino; estaban todos secos, excepto el último de ellos. La prueba de que en los anteriores no saliera ni una gota de vino le dio la confianza suficiente como para abrir por completo el grifo del último cono. Un líquido burdeos salió disparado en todas direcciones. Henry se precipitó a cerrarlo. Para entonces, parte de los bajos de sus pantalones y sus zapatos estaban empapados de vino tinto.

—Será hijo...

—No hay que ser muy listo para saber que, si abres un grifo, puedes encontrarte con una sorpresa como esa —ironizó Tomás.

—Anda, tráeme algo para limpiarme. ¡Vamos, muévete!

Tomás no obedeció. Tras varios segundos mirando al inglés, le ofreció el paño que tenía en las manos. No es que estuviera del todo limpio, pero le serviría.

—Conozco a la gente como tú —dijo Henry con una mueca de superioridad en la cara.

—Ah, ¿sí? Y dígame, ¿cómo somos?

Henry lo miró con detenimiento. Todas las ocasiones en las que Sara le había hablado de él se había preguntado cómo sería, por qué le atraía tanto su físico, que poseía ese jornalero ignorante que no tuviera él. Ahora lo tenía delante. Su forma de vestir era corriente, descuidada y vieja. Las manos estaban sucias, la camiseta sudada y las botas llenas de barro. No era rival para él. Cuando era niño, Tomás tuvo la oportunidad de encandilar a Sara lo suficiente como para que llegara a pensar que era una opción; ahora tenía otra mejor, lo tenía a él.

—Te diré cómo eres. Ves el potencial que tiene este lugar, aprendiste a sacarle partido y crees que eres indispensable. Si, de paso, te tiras a la dueña, mejor que mejor, ¿no?

—No te permito que hables así de Sara. Ella no es como tú piensas.

—¿Ya me tuteas? ¡Qué pronto pierdes los modales!

—Solo con la gente que no merece la pena, que piensa siempre mal de los demás.

—¿Qué sabrá un jornalero como tú de lo que yo pienso de ella? Más vale que vayas a lo tuyo y la dejes en paz.

Henry se volvió a sacudir los zapatos, le regaló una sonrisa irónica a Tomás y salió de las bodegas.


—¿Qué ocurre, María? —preguntó Sara en cuanto entró en la casa.

—El doctor, niña, la está esperando en el despacho.

Sara suspiró varias veces y caminó, segura de haber tomado una buena decisión. Le pagaría lo que le debía su hermano y eliminaría una deuda, aunque no sería hoy.

—Doctor Gamboa, no ha esperado mucho tiempo. Debo decirle que no tengo el dinero en casa. Tendré que ir al pueblo mañana y sacar efectivo.

—No se preocupe. Solo le traigo la factura para que la revise.

Sara examinó primero la cuantía de la misma y, efectivamente, eran algo más de ocho mil euros. Comenzó a leer la serie de medicación que el doctor había suministrado a su paciente, Raúl, durante el último año. En ella constaban también varias intervenciones urgentes y material médico que había alquilado para paliar el sufrimiento de su hermano. La última cantidad correspondía a un dato cuanto menos curioso.

—Perdón, ¿qué significa esto de «gastos de residencia»? No sabía que mi hermano había estado ingresado en una.

—Su hermano no, señora. Su tío, el señor Francisco.

—¿Perdón? —Sara esperaba cualquier tipo de respuesta menos aquella.

—Sé lo que está pensando. Todo el mundo creía que el señor Francisco había muerto, pero no es así.

—¿Quiere hacer el favor de explicarse mejor?

—Escuche, lo que ocurrió con su tío es un secreto, bueno, lo era hasta este momento. Su padre lo decidió así y después se encargó de todo el señor Raúl. Él ya no está y ahora... Alguien tiene que responsabilizarse de él. Yo no puedo seguir pagando la residencia del señor, por eso he cargado el coste en esa factura.

—Perdona, mi tío murió poco antes que mi madre.

—No, señora, aunque entiendo su desconcierto. Su padre hizo creer a todo el mundo que murió. Primero fue ingresado en un centro para enfermos mentales y después, cuando dijeron que estaba curado, lo llevaron a una residencia. De hecho, no hace mucho que fui a visitarlo y estaba como siempre, delicado, pero bien.

Sara deambuló meditabunda por el despacho. Miles de recuerdos se agolpaban en su mente y no podía pensar con claridad, no con el doctor allí delante. Recordaba aquella llamada. Una fría noche de invierno, cuando todas las residentes del colegio privado estaban en sus respectivas camas, la conserje llamó a su puerta y la despertó. Tenía una llamada urgente de su madre y la atendió en el despacho de la directora.

—¿Qué pasa, mamá?

—Es tu tío, cariño. Francisco está... Enfermó hace unos días y acaba de morir.

—¿Cómo? ¿De qué ha muerto? ¿Qué tenía?

—No lo sé. Tu padre habló con los médicos y le dijeron que era muy grave, que no se podía hacer nada por él. Estoy tan desolada... Sin él, yo...

—Mamá, cálmate. Mañana puedo coger el tren y...

—No, no vengas. Tu padre no quiere... Él no te quiere en casa, cariño. No le des pie a...

—¿A qué, mamá?

—Solo quería que lo supieras.

Ana colgó el teléfono sin darle tiempo a su hija a despedirse. Sara volvió a su habitación, con el corazón roto. Su tío había llegado a significar para ella más que su propio padre. Los días siguientes, nadie cogía el teléfono. Tan pronto tomaba la decisión de marcharse a casa, desistía al pensar en su padre.

—¿En qué residencia se encuentra? —preguntó Sara al doctor, volviendo al presente.

—Los datos están en la factura. Residencia La Encina, en la ciudad de Mérida.

—¿Le importaría volver mañana para recoger el dinero? Se lo tendré preparado.

—Claro. No se preocupe. ¿Sabe una cosa? El señor Francisco siempre me pregunta por usted, solo por usted, aunque estoy seguro de que su cerebro no interpreta correctamente la respuesta que le doy.

—Gracias, doctor.

En cuanto el hombre salió del despacho, Sara corrió a la cocina.

—Tata, ¿tú lo sabías?

—¿Qué, lucero?

—Lo de mi tío Francisco.

—No entiendo a qué te refieres.

—¿Sabías que está vivo en una residencia? —preguntó con una mezcla de rabia contenida y frustración mientras comprobaba cómo María se quedaba de piedra al escucharla.

—¿Quién te ha dicho eso?

—El doctor.

—¿El doctor? ¿Y qué te ha contado exactamente?

—Nada. —Sara notó cierta intranquilidad en María—. He visto en la factura gastos de residencia. Le he preguntado, pensando que eran de Raúl, y me ha dicho que son los gastos de mi tío. ¿Tú lo sabías?

—Escucha, niña. Al señor Francisco se le fue la cabeza y hubo que internarlo. A todo el mundo se le dijo que había muerto, incluida a ti, por seguridad. Tu padre nos prohibió hablar de él en esta casa.

—Pero ¿por qué? ¿Y por qué tú sí lo sabías? —preguntó enfadada.

—Tu padre necesitó la ayuda de Manuel para llevarlo a ese centro. Después él me lo dijo a mí.

—Tengo que ir a verlo.

—Pero, Sara, cuando llegues a Mérida será de noche y además... el señor no está bien.

Sara no entendía cómo María podía permitir que su tío continuara viviendo solo en una residencia.

—Es la única familia que me queda, tata. No voy a darle la espalda como lo hicisteis todos.

Salió de la casa, se subió al todoterreno y se marchó a ver a su tío. Mientras conducía, su cabeza parecía un torbellino de recuerdos, momentos, sensaciones que no paraban de girar y girar como una noria.

—¡No me hagas cosquillas, tío, por favor! —gritaba Sara cuando era pequeña y Francisco jugaba con ella.

—No puedes seguir siendo la más lista de la familia —chillaba su tío, riéndose a carcajadas—. Yo te arrancaré la sabiduría a golpe de cosquillas, ven aquí.

Como la niña que era, rodeaba varias veces el sofá para que no la pillase y siempre acababa en los brazos de su tío con la mejor de sus sonrisas.

—¡Basta! —interrumpió su padre—. ¿Eso es todo lo que tienes que hacer, Francisco? Debería darte vergüenza. ¡Y tú —se dirigió entonces a la pequeña Sara—, ve a ayudar a tu madre en la cocina! ¡Deja de meterte con los hombres, te gustan igual que a ella!

Entonces Sara salía corriendo hacia la cocina, con lágrimas en los ojos, mientras escuchaba a su tío decir:

—Te encanta insultar a las mujeres de esta casa, ¿verdad?

Era cierto. Los insultos iban y venían como los vientos. Desde bien chiquitita, recibió malos tratos por parte de Miguel, siempre tan machista.

Lo que Sara no entendía era cómo su madre, con lo callada y obediente que parecía, había tenido la fuerza necesaria para mantener una relación extramatrimonial. No es que su padre no se mereciera sufrir de alguna manera, pero... Tener una hija de otro, en aquella época, no debió de ser nada fácil.

—Mamá, ¿por qué lloras? —le preguntó un día por teléfono.

—Estoy muy triste, cariño.

—¿Por la muerte del tío? —Sara deseaba con todas sus fuerzas estar en casa para abrazarla—. Hay cosas que no entiendo.

—¿Cómo qué?

—¿Por qué no habéis enterrado al tío, mamá? ¿Dónde está su cuerpo?

—Cariño, su enfermedad era tan extraña que los médicos se han encargado de todo. No pueden permitir que la gente se contagie.

—Pero ni siquiera sabemos de qué ha muerto.

—Déjalo así, cariño. Algún día lo entenderás.

«Lo peor de todo es que no se volvió a hablar jamás del tío en ningún momento», pensó Sara.

Ahora se enteraba por el doctor Gamboa de que no estaba muerto. Alguien lo había ingresado en aquella residencia y se había olvidado completamente de él.

Sara conectó el GPS del móvil para localizar la dirección correcta y la voz dulce de la muchacha interrumpió sus pensamientos al decir: «Ha llegado a su destino».

El enorme rótulo de la residencia anunciaba que estaba destinada a personas mayores. No se trataba de ningún centro psicológico ni de ningún otro edificio clínico. Era una construcción antigua, con aspecto de haber sido restaurada hacía poco. El interior lucía blanco, espacioso y acogedor. Al fondo a la derecha, había un pequeño mostrador donde una joven rubia mostraba una enorme sonrisa de cara al público. Sara llegó hasta ella y la saludó con cordialidad.

—Buenas noches, ¿en qué puedo ayudarla?

—Necesito ver al señor Francisco Villagalvés.

—Lo siento, las visitas se han terminado por hoy.

—Lo entiendo, pero es urgente.

La recepcionista comprobó los datos en el ordenador y le hizo una serie de preguntas sobre su identidad y su parentesco con el residente.

—Siento decirle, señorita Sara, que el señor Francisco tiene restringidas las visitas.

—Escuche, señorita... Susana —dijo después de ver su tarjeta de identificación—. Soy la única familiar que tiene, así que tendrá que modificar los datos para que pueda estar con él. A menos que desee perder su puesto de trabajo.

—Eso no me corresponde hacerlo a mí, señorita. Aquí me consta que solo el señor Raúl y el doctor Gamboa tienen acceso a las visitas. Lo siento.

—Dígame dónde se encuentra el despacho del director.

—Por el pasillo a la derecha.

## Capítulo 11

Un señor barbudo, alto y muy delgado la invitó a sentarse frente a su escritorio. El despacho olía a perfume masculino y la decoración era exquisita. Una enorme estantería archivadora ocupaba toda una pared. El mobiliario blanco y las paredes contrastaban con el sillón negro de cuero sobre el que se sentaba el director.

—Encantado de conocerla, señorita Villagalvés, soy el director Mauricio Lagar. Siempre pensé que Raúl era hijo único. Dígame, ¿qué le trae por aquí?

—Necesito ver a mi tío y Susana, la recepcionista, acaba de decirme que no estoy autorizada para hacerlo.

—Tiene razón. Solo dos personas tienen el permiso para visitarlo.

—Lo sé. Mi hermano y el doctor Gamboa. Déjeme decirle que mi hermano acaba de fallecer y el doctor no pagará las facturas de esta residencia. Así que solo veo una manera de continuar con esto y es que yo me encargue de todo. Obviamente, necesito ver primero a mi tío.

—Vaya. Siento mucho lo de su hermano. Lo desconocía. En ese caso, podremos hacer una excepción, señorita. Acompáñeme.

El director la condujo por un largo pasillo. A medida que caminaba, Sara escuchó música procedente de una sala a la derecha. La puerta estaba abierta y pudo observar a varias mujeres sentadas alrededor de una mesa, jugando al dominó. Parecían muy entretenidas. Después escuchó varios diálogos de una película en otra sala con asientos colocados del mismo modo que en un cine. Se detuvieron en la única estancia que permanecía cerrada. El señor Mauricio abrió la puerta e invitó a Sara a entrar primero. Varios hombres y mujeres de edades avanzadas se mantenían entretenidos con juegos de mesa, otros leían o veían el televisor. Algunos de ellos deambulaban de acá para allá, sostenidos por bastones o muletas y, frente a una ventana, se hallaba un hombre sentado en una silla de ruedas. Sara supo enseguida que se trataba de su tío. En cuanto se acercó, el hombre de la silla la miró. El director le acercó un taburete y le hizo señas para que supiera que la dejaba a solas con él.

—¿Francisco? —Sara se acercó a él y le acarició una mano. Habían pasado más de veinte años, y todavía tenía los rasgos del hombre guapo y amable que ella recordaba.

—¿Te conozco?

—¿Cómo estás? —preguntó sonriendo. Sentía la necesidad de ofrecerle confianza antes de hablar de temas personales.

—Bueno, estas piernas ya no quieren andar más y las manos... ¿Ves? Tiemblan bastante. Ya no sirven ni para coger...

—¿Uvas? —adivinó. Sara tuvo que hacer verdaderos esfuerzos por no llorar.

—Uvas. He recogido tanta uva en mi vida...

—¿Y hacer vino? ¿Cómo se le daba, Francisco?

—Oh, niña. El vino Villagalvés era el mejor de toda España. ¿Lo has probado alguna vez?

—Me gusta el reserva.

—¿Sí? A mí me gustaba el crianza que hacía mi padre, a Miguel no...

—¿Quién es Miguel? —Sara quería comprobar si sus recuerdos seguían intactos.

—Mi hermano.

—¿Qué pasó con él? —No iba a ser ni rápido ni fácil conseguir las respuestas que ansiaba, aunque tenía que intentarlo.

—Decidió cambiar algunas técnicas y alteró el vino demasiado. Rompió la receta de padre y como no le salía, jamás volvió a elaborarlo de nuevo. El vino que creó era de peor calidad.

—¿Ahí fue donde comenzaron vuestras peleas?

—No quería pelearme con Miguel. Era mi hermano pequeño. Tenía que cuidar siempre de él. Pero lo que hizo con Ana... —Francisco se retorcía las manos de impotencia.

—¿Qué hizo, Francisco?

—¿Quién eres tú? ¿Has visto a Ana? —preguntó de pronto, mirándola de frente.

—No. Lo siento, no la he visto.

—Él no la quiere. Le hará daño, lo sé. Solo quiere las tierras y el dinero. —De pronto su expresión de cara cambió. Su dolor le obligó a cerrar los ojos—. Ella está sola, con su niña, con mi pequeña lanzadera.

—¿Te acuerdas de tu sobrina? —Sara no podía decirle aún que era ella. Antes tenía que asegurase de que estaba lo suficiente sano como para aguantar una noticia como aquella.

—Claro que me acuerdo...

—¿Y?

—Es hora de ir a dormir —dijo mirando el reloj. Sonrió, como si la conversación que acababan de mantener no hubiera tenido lugar.

Sara se quedó pensativa. No podía permitir que la única familia que le quedaba estuviera en aquel lugar, fuera de su casa, de su gente.

«No pasarás más tiempo aquí, te lo juro», pensó.

Decidió llevárselo a casa, a su casa, de la que nunca debió haber salido. Sin decir nada más, se dirigió de nuevo al despacho del director.

—¿Qué sabe usted de la vida de mi tío?

—¿Qué hay que saber, señorita? Él es un residente. Nuestra labor es cuidar de él y asistirlo. Su pasado y sus problemas personales no nos incumben.

—¿Cuándo lo ingresaron aquí?

—Déjeme ver su historial. Aquí dice que ingresó en el año 2008.

—Pero a él lo sacaron de casa mucho antes.

—A ver. El interno Villagalvés fue trasladado desde la unidad psiquiátrica de esta ciudad en ese año. Lo que no me consta es el tiempo que permaneció allí.

—¿Le importa que...? —trató de preguntar Sara mientras se colocaba frente al ordenador. Ni siquiera acabó la pregunta. Echaría un vistazo a ese historial le gustase al director o no.

—Se lo permito porque es la única familiar que tiene, sino...

—Gracias. A ver... —Sara comenzó a leer en voz alta la información que aparecía en pantalla—: síntomas psíquicos agrupados, acordes a los Criterios de Diagnóstico de Trastornos Mentales.

El paciente sufre los siguientes síntomas psíquicos en mayores o menores ciclos repetitivos:

- Pánico esporádico en forma de crisis con miedo intenso a morir, perder el control, volverse loco...

- Miedo intenso a la soledad, a estar en público, volar, alturas, animales, inyecciones...

- Ansiedad, nerviosismo, preocupaciones excesivas, irritabilidad, tensión muscular, fatiga, insomnio...

- Pensamientos recurrentes.

- Reexperimentación perturbadora de un hecho traumático vivido en el pasado.

- Tristeza, desinterés, disminución de la capacidad para disfrutar de la vida, baja autoestima...

- Obsesión constante por salvar a otras personas.

Sara siguió leyendo en silencio el historial de su tío y llegó al espacio dedicado a los síntomas actuales, donde se podía leer: «No se observan ninguno de los síntomas tratados en el anterior centro de salud mental».

—¿Qué significa esto? —preguntó Sara, señalando con el dedo la pantalla del ordenador.

—Pues lo que usted puede entender. En cuanto llegó, se le hicieron pruebas de todo tipo y aceptamos el diagnóstico del anterior centro, aunque no observamos ninguno de los síntomas que ellos mencionan en el paciente Villagalvés.

—¿Se lo comentó a mi hermano o al doctor?

—Por supuesto. Ellos decidieron ingresarlo aquí por la edad. Al menos, esa fue la razón que dieron. No han faltado ni una sola vez al pago mensual, así que nosotros no tenemos ningún tipo de problemas.

—¿Me está usted diciendo que mi tío está en perfectas condiciones para llevarlo a casa, si yo quisiera?

—Por supuesto. Tiene ya setenta y dos años, pero no tiene mayor problema que el de su inmovilidad.

—Pero si me habla como si estuviera ausente, en otra parte...

—¿Cómo cree usted que estaría si hubiera pasado varios años en un centro para enfermos mentales y después otros nueve en una residencia apartada de toda su familia y sin ninguna visita más que alguna esporádica del doctor?

—¿Conoce usted algo de su vida? —preguntó Sara.

—Él habla de una mujer casada de la que, al parecer, estuvo enamorado. Mezcla momentos en los que decide hacer carrera en el ejército y deja de verla. Va y viene a distintas guerras y, en algunos permisos, la visita. Habla de la hija de esta mujer, a la que quiere mucho. No sé decirle más.

—¿Ha dicho alguna vez quién era el marido de esa mujer?

—No. Solo sabemos que esa mujer se llamaba Ana.

Sara se negaba a pensar. No podía hacerlo. No era el momento. Tenía que llevarlo a casa y allí, con él cerca, lo aclararían todo. Los nervios provocaron que se le humedecieran los ojos. Un nudo en la garganta le impedía hablar con el director para seguir aclarando dudas.

—¿Qué tendría que hacer para llevarme a mi tío a casa? —preguntó tras releer el informe del ordenador.

—Bueno, pues, firmar el alta del residente, que las enfermeras le preparen sus cosas y ya... Podría llevárselo mañana mismo.

—Tiene que ser esta noche. No puedo quedarme en la ciudad, tengo que volver.

—Ya estará en la cama, señorita. Esta noche es imposible. Mañana a primera hora puede venir y estaré encantado de ayudarla.

—Por favor, ayúdeme ahora. Es muy importante para mí llevármelo a casa, a su casa.

—Lo siento mucho, señorita. Las normas son muy estrictas. No permitiré que le ocurra nada por haberlo sacado de aquí. Regrese mañana, temprano, si quiere; en cuanto esté listo, podrá irse con usted.

# Capítulo 12

Sara volvió a casa bastante tarde. Entendía cuáles eran las normas de la residencia y, pensándolo bien, era hasta razonable que no la dejaran llevarse a su tío a aquellas horas, aunque eso la obligaba a volver a la mañana siguiente. María había estado esperándola para tener noticias de Francisco y, cuando Sara le contó lo sucedido, se tranquilizó.

—Ve a dormir, lucero. Trata de descansar.

—Eso haré, tata. Buenas noches y que descanses tú también.

No hubo mucha tranquilidad para Sara. Si Miguel no era su padre, Francisco tampoco era su tío, por mucho cariño que sintiera por él. Además, estaba decidida a venderlo todo y volver a su trabajo en la redacción de Londres. ¿Qué haría entonces con él? ¿Qué sentido tenía sacarlo de un lugar al que ya estaba acostumbrado para dejarlo solo en cuanto arreglara los asuntos legales de las bodegas?

Se acomodó algunos cojines detrás de la espalda y se reclinó sobre el cabecero de la cama. Como de costumbre, sacó su preciado diario y colocó el extremo superior del bolígrafo entre los labios. Tenía la mente en blanco, o tantos pensamientos revoloteando dentro de la cabeza, que no encontraba la forma exacta de expresarse.

A mi alma:

Ayer, Tomás trató de convencerme de no vender. Me recordó mis sueños de niña, cuando lo único en lo que pensaba era en elaborar el mejor vino del país. ¿Sería posible? ¿Podría hacerme cargo de las bodegas y darles el prestigio que un día tuvieron? ¿Podría manejar con soltura unas bodegas?

*Tomás no es el único que te aconseja no vender.*

Es cierto. También Henry. Si varias personas te dan el mismo consejo, tal vez... ¿Qué me diría Miguel si me viera ahora?

*Que el trabajo en las bodegas es cosa de hombres.*

¿Lo que realmente le dolía a Miguel era que fuera mujer o que no fuera su hija? Ni siquiera sé si conocía el secreto de mi madre.

*Sí lo sabía y eres consciente de eso. Ahora entiendes el significado de su mirada: le recordabas, día tras día, la traición de su esposa con su propio hermano.*

La mañana llegó antes de lo que Sara esperaba. Necesitaba una buena ducha para despejar la mente y reponerse de una noche muy intranquila. Hablar con su alma a través del diario la calmaba, pero en ocasiones le mostraba la fría realidad tan de cerca, que llegaba a asustarla. Tenía varias cosas claras. Su padre no era Miguel, por lo que Francisco tampoco era su tío. Su madre mantuvo una relación con otro y, según el director de la residencia, Francisco estaba enamorado de ella. Luego, blanco y en botella.

Salió del baño como nueva. No sabía bien qué iba a hacer con su propia vida ni con las bodegas. Lo que sí sabía era que le regalaría al que ella siempre había considerado su tío, el regreso a su hogar, a sus tierras.

Cogió algo de comer para el camino y salió con el todoterreno. Manuel se ofreció a ir con ella y después lo hizo Tomás, aunque rechazó la ayuda de ambos de forma educada. No le importaba la compañía en la ida, pero, si iba sola, a la vuelta tendría la oportunidad de hablar con Francisco sin que nadie los interrumpiera o se enterara de asuntos personales.

No sabía bien a la hora que terminarían de desayunar en la residencia, así que decidió ocupar un poco el tiempo en la tienda de deportes que había en la entrada de la ciudad y comprar varias cosas que necesitaba. El día que salió de Londres, llevaba una única maleta con ropa de vestir, y esa mañana habría dado cualquier cosa por salir a correr.

Cuando llegó a la residencia, su tío Francisco ya estaba listo para marchar y una de las enfermeras había recogido todas sus pertenencias de la habitación.

—Buen viaje, señor Francisco. Espero que sea muy feliz con su familia —le deseó y se volvió hacia Sara para que no le escuchara—. Algo ha debido de sucederle esta noche. No ha dormido nada. Seguro que se queda dormido en el coche.

—¿A dónde me llevas? —preguntó Francisco.

—A las bodegas Villagalvés. ¿Qué te parece? —contestó Sara.

—¿Estará allí Ana?

—Francisco, ella ya no está con nosotros.

—Estará en la cocina, seguro. ¿Quién eres tú?

—Soy Sara.

Francisco la miró como si hubiera visto de pronto a un fantasma.

—No. No lo permitas. ¡Te trata mal porque no te quiere! ¡No se lo permitas!

—Tranquilo, tío.

—Francisco, o se tranquiliza, o no vamos a poder dejarle salir de aquí —comentó la enfermera que le traía su equipaje.

—Sí. Estoy bien. Sara, mi pequeña lanzadera. Eres tú.

—Sí, tío. Y ahora te voy a llevar a casa, ¿de acuerdo?

—¿Se encuentra bien? —insistió la enfermera.

—Perfecto.

De forma disimulada, la enfermera se acercó a Sara y en voz baja le dijo:

—El señor no está para sobresaltos.

—No se preocupe, señorita —contestó Sara con una sonrisa—. Lo mejor que puede pasarle es volver a su hogar.

Con el equipaje dentro del maletero, Sara se sentó en su asiento, orgullosa de llevar a un gran copiloto.

—¿A dónde me llevas?

—A casa, tío —le repitió Sara, amable—. ¿Te gusta la idea?

—Yo ya no tengo casa.

—Claro que sí. Verás cómo sigue casi igual que cuando saliste de allí.

—Fue mi hermano quién me echó, pero lo comprendo.

Sara hubiera dado cualquier cosa por continuar la conversación y confirmar por qué Miguel lo echó de su propia casa. Pero temía intimidarlo y que se cerrara en banda para no volver a sacar más el tema. Comenzó a dar pequeños rodeos.

—Si no recuerdo mal, eras teniente del ejército.

Francisco la miró y le sonrió, como si de algún modo le agradeciera que sacara a la luz el tema de conversación que más le gustaba.

—Me hicieron teniente el 25 de octubre del 73, dos años antes de la muerte de Franco y de que Juan Carlos I fuera proclamado rey. Viajamos a cientos de países como colaboradores en proyectos de ayuda internacional y pasé muchos años lejos de las viñas y... de ella.

Sara se imaginó a un alto y apuesto caballero vestido de uniforme, con gesto serio y decidido. Alguien que guardaba su mejor sonrisa para su pequeña lanzadera, mientras lograba que sus hombres se concentraran en el frente.

—Y cuando acabaste, ¿te jubilaron? ¿Cómo fue eso?

—Corría el año 1995, cuando mandaron a varias tropas, entre ellas la mía, a la zona serbobosnia del suroeste de Herzegovina para localizar y desactivar los campos de minas y destruir las defensas del antiguo frente de combate. Mientras tratábamos de acomodar lo necesario para acampar, un tiroteo surgió de improviso y varios de mis hombres cayeron al instante —explicó—. Una bala me atravesó la cadera y permanecí inmóvil en el suelo durante horas. Me mantuve despierto recordando el rostro de mi querida Ana.

»No sé qué hubiera sido de mí, si me hubiera rendido al sueño. Cuando desperté, estaba en un hospital. Dos de mis hombres me llevaron a rastras hasta allí, cuando se vieron fuera de peligro. Me habían operado, pero el daño era irreparable. El coronel Galvani me visitó para decirme que había hecho un gran trabajo y que había llegado el momento de descansar en casa.

Francisco guardó silencio varios segundos sin dejar de mirar la carretera. Respiró profundamente y continuó su narración personal.

—En cuanto me recuperé y, a pesar de quedar para siempre en una silla de ruedas, me condecoraron con la medalla al honor por ser modelo de soldado, por haber revolucionado la táctica militar y por la impronta dejada, por mis valores militares en las Fuerzas Armadas españolas... ¿Qué te parece? —Francisco había narrado aquellos acontecimientos con orgullo y satisfacción.

—Lo que me has contado es magnífico. No sabía que habías vivido todo eso.

—A cambio de otras muchas cosas que me he perdido en la vida. Tengo ganas de ver a Ana.

—Tío, Ana ya no está en casa. Se puso enferma poco después de tu partida y ya no volvió a recuperarse. Creo que te echaba demasiado de menos.

Sara le ofreció la mano para transmitirle consuelo y seguridad. Francisco sujetó aquella manita que apareció de repente encima de sus dormidas piernas y la apretó entre las suyas. Cuando volvió a abrirlas, se quedó un instante observándolas.

—Son iguales.

—¿Iguales que qué?

—Que las manos de mi hija.

—¿Tu hija?

—Mi pequeña lanzadera.

Sara pisó el freno con todas sus fuerzas y tuvo que dar un gran giro de volante para situarse en la cuneta. Lo que acababa de escuchar era demasiado importante como para mantener la cordura conduciendo. Lo sabía. Lo sabía su alma, su mente, su esencia. Otra cosa muy distinta era escucharlo en voz alta.

—¿Me estás diciendo que tu pequeña lanzadera es tu hija? —Aquellas palabras provocaron en Sara una gran tranquilidad.

—De Ana y mía. No es de Miguel. No lo es. Tengo mucho sueño.

—No te preocupes.

Los ojos de Francisco se cerraban por momentos y Sara supo que no le contaría nada más, al menos por ahora. Con todo el dolor de su corazón, lo dejó descansar mientras continuaba el camino a casa, impactada por confirmar la información que ella misma se negaba a formular.

Las ganas de llegar a La Villa eran enormes, a pesar de no saber cómo iba a manejar su nueva situación.

—Mira, tío, tu casa. ¿Te acuerdas? —trató de despertarlo.

Una gran sonrisa iluminó la cara de Francisco, que enseguida abrió la puerta y trató de bajar.

—Espera, yo te ayudo.

—¿Puedo echarte una mano? —preguntó Tomás, acercándose a Sara —. ¿Quién es?

—Francisco Villagalvés vuelve a casa, ¿verdad? —dijo dirigiéndose a él.

Tomás se quedó de piedra, ya que tenía entendido, igual que los demás, que el señor había muerto muchos años atrás.

Francisco no dejaba de mirar la fachada de la casa y Sara trataba de acomodarlo en la silla de ruedas.

—Yo lo llevo —se ofreció Tomás. Comenzó a empujar la silla en dirección a la casa.

Los padres de Tomás miraron por la ventana y se quedaron sorprendidos al reconocer a la persona que Sara traía a casa de nuevo.

—¡María! ¡Manuel! —gritó Francisco en cuanto los vio en la puerta de entrada.

—Señor Francisco, ¡qué gusto tenerle de vuelta en casa!

—¡Señor! —lo saludó Manuel.

Tomás entró la silla de ruedas en la casa y esperó las instrucciones de Sara, que hablaba en voz baja con su tata.

## Capítulo 13

María había acondicionado la habitación del difunto señor Miguel. Era amplia y espaciosa. Además, se encontraba en la planta baja de la casa, lo que sería de gran ayuda para la inmovilidad del señor Francisco.

Tomás ayudó a Sara en todo momento a acomodar a Francisco, que aún seguía adormilado y prefería descansar un rato.

—¿Qué hace...? —trató de preguntar Tomás.

—Shh. Salgamos para no molestarlo —rogó Sara.

Henry entró en la habitación cuando Sara estaba terminando de colocar la almohada que sobraba a los pies de la cama. Miró al jornalero por encima del hombro y trató de disimular.

—Ahh, Tomás, la estás ayudando tú. Gracias, eres un buen hombre. Sara, *honey*, ¿estás bien? María me ha dicho que ha llegado tu tío —dijo Henry mientras evitaba la mirada de sarcasmo de Tomás.

—Bueno, eso creía. ¿Podemos ir al despacho un momento, Henry? Necesito desahogarme con alguien o explotaré.

—Claro. —Henry se sentía triunfador. Era con él con quien deseaba estar.

Tomás salió de la habitación y los observó caminar hacia el despacho. Hubiera dado cualquier cosa porque Sara se hubiera desahogado con él, pero claro, una mujer como ella preferiría a un galán como Henry. Por más vueltas que le diera, no encontraba ninguna razón por la que Sara se enamoraría de un escuálido, arrogante y prepotente como era aquel inglés de pacotilla.

Sara se estaba acostumbrando a entrar en el despacho, sentarse en el sillón que era de Miguel y sentirse dueña de todo cuanto la rodeaba.

—¿Pasa algo con tu tío? —preguntó Henry, acomodándose en una silla.

—Que no lo es, Henry.

—¿Cómo que...?

—No es mi tío. Es mi padre.

—¿Qué? ¿Qué te hace pensar eso? Oye, yo creo que leer la carta de tu madre te ha vuelto paranoica o algo así.

—No, Henry. Lo ha dicho él mismo. Me ha hablado de Ana, de su amor por ella y de su niña, yo. Fue con él con quien mantuvo mi madre una relación en secreto.

—Pero ¿cuándo? A ver, tú me dijiste una vez que era... capitán o...

—Teniente.

—Eso. Bueno, entonces, si estaba siempre fuera...

—No lo sé, Henry, aprovecharía los permisos o... no sé. ¿Cómo iba a quererme Miguel si soy el producto de un engaño entre su hermano y su mujer?

Henry daba vueltas a un bolígrafo que había sobre la mesa. Jamás se le hubiera pasado por la cabeza una relación extramatrimonial de la madre de Sara con dos hermanos. Al final, su amiga resultaba ser una Villagalvés y todo le pertenecía por derecho propio.

—Tú no tienes la culpa de nada. Eras una niña —comentó Henry dulcemente mientras se acercaba a Sara y la ayudaba a levantarse del sillón. Le colocó una mano en la cintura y la otra en la barbilla, haciéndola subir para mirarla a los ojos—. Si Miguel no supo ver la excelente persona que hay en ti, perdió más él que tú, te lo puedo asegurar. Deja de pensar en el pasado y mira a los que estamos en el presente, los que te queremos, los que somos capaces de hacer cualquier cosa por ti, como venir de Londres a un campo perdido de la mano de Dios, por ejemplo.

—Y no sabes cuánto te agradezco que estés aquí, Henry.

—¿Sí? ¿Cuánto? —preguntó en tono cariñoso.

Henry tiró con suavidad de la barbilla de Sara y le plantó un casto beso en los labios. Sabía que ella no era como otras mujeres. La pasión no era algo que la moviera por dentro, sino la suavidad y el cariño medido. Si eso era lo que a ella le gustaba, él estaría encantado de dárselo. Era fácil. Solo debía tener paciencia, mostrar un amor incondicional, un deseo incalculable por ella, pero al mismo tiempo retenido.

—Henry, yo...

—Solo quiero que sepas que cuentas conmigo para lo que necesites, ¿me oyes? —Intentaba concentrarse en agradarla, pero su mente estaba muy lejos de allí. Acababa de enterarse de un parentesco con el que no había contado: un Villagalvés estaba vivo y, para colmo, no era ni más ni menos que el padre de Sara.

—Gracias, Henry. Ahora, si me disculpas, necesito descansar un rato. Luego hablamos.


Igual que Francisco, Sara tampoco había dormido bien durante la noche y necesitaba estar a solas. Subió la escalera despacio, tratando de echar atrás el tiempo y buscar el momento preciso en el que le dio permiso a Henry para besarla. Ya lo hizo una vez en Londres, hacía varios años. El mismo beso, la misma pasión vacía e insípida. Tal vez el hecho de verla con graves problemas y sola le había hecho pensar que lo deseaba, pero ella sabía bien que el amor no era eso. Ella había conocido lo que era un beso de verdad, deseado y conseguido. Ese beso que has estado esperando durante horas, días, semanas, hasta que ocurre. Ese beso que has soñado y vuelto a soñar durante noches enteras y que, cuando sucede, es capaz de elevarte hasta el infinito, cortarte la respiración y, a cambio, enseñarte a respirar por otros medios. Ese beso que es cien veces mejor de lo que esperabas y que deseas que no acabe nunca. Por él, serías capaz de entregar tu alma al mismísimo diablo, si te asegurara esa misma sensación para el resto de tu vida.

La mente de Sara parecía haberse evaporado y solo su cuerpo entraba en su habitación; la niña que había en él, buscaba el árbol gordo, el lugar donde recibió el primer beso de amor de Tomás. Aquello sí fue un verdadero beso, el beso. Dejó sus cosas encima de la cama y se sentó. Francisco no era su tío. Acababa de confirmar la respuesta que estaba buscando desde que leyó la carta. Su madre se había enamorado de su cuñado. Sara se echó un segundo en la cama y eso bastó para que Morfeo viniera a por ella y la llevara en su regazo al país de los sueños. Unos sueños agitados y confusos, pero reparadores, al fin y al cabo.

Eran casi las siete de la tarde cuando Sara se despertó. Saltó de la cama como si hubiera cometido el mayor de sus pecados y se dirigió al despacho. El recuerdo de Henry besándola acudió a su mente y sintió una extraña agitación en el estómago.

«¡Ojalá no vuelva a hacerlo!», pensó.

Sin internet resultaba más complicado encontrar la información que necesitaba sobre las inmobiliarias. Al final, consiguió una. Llamó al número que aparecía en pantalla y una simpática mujer le concertó una cita para las doce de la mañana del día siguiente. Tenía muchas dudas sobre lo que haría al final con las bodegas. Era mejor conocer con detalle todas las opciones con las que podría contar.

Después de colgar fue a ver a Francisco, quien había dormido prácticamente el mismo tiempo que ella. La habitación estaba vacía, por lo que se dirigió a la cocina para preguntarle a su tata por él. Se lo encontró allí mismo, hablando, muy entretenido, con María.

—Pasa, lucero. ¿Te apetece un café? El señor Francisco dice que no ha vuelto a probar jamás un café como el mío.

Manuel entró a lavarse las manos en el fregadero, como de costumbre, y se unió a la conversación animada que encontró en la cocina. Durante un rato, charlaron de otros tiempos, de recuerdos alegres que aún vivían en la mente de todos ellos, de momentos de una historia compartida. Francisco parecía tan feliz, que Sara no quiso interrumpir aquella magnífica velada mientras llegaba la hora de la cena. Esa noche decidieron sacar la mesa y las sillas fuera, cerca de la fuente de la entrada. La temperatura estaba fresca y era un lujo pasar varias horas en aquel lugar. La única que faltaba era Chelo, que decidió, para variar, cenar sola en su habitación.

Pasada la medianoche, decidieron que había llegado la hora de dormir. Recogieron todas las cosas que habían sacado y Manuel ayudó a Sara a acostar a Francisco. Más tarde, subió a su habitación sin sueño aún, con ganas de tener un rato de soledad y se echó en la cama. Cerró los ojos durante varios minutos, intentando disolver los pensamientos de su cabeza. Había sido un día muy intenso y necesitaba meditar. Se incorporó y se dio cuenta de que la luz de la mesita de noche estaba encendida. No había sido ella. Tocó el cristal de la lámpara y estaba caliente. Aquello tenía un significado que ella conocía muy bien.

«Cuando todos duerman, apoyaré la escalera del jardinero en tu balcón y subiré. Encenderé la luz de tu mesilla y así sabrás que estoy esperándote».

Que la lamparita de noche estuviera encendida no era una casualidad, era un código y Sara conocía a la perfección su significado. Lo había utilizado muchas veces siendo niña.

«No es posible que él esté en el balcón», pensó.

La parte madura de mujer decidió cerrar la puerta y no echar ni siquiera una ojeada al rincón donde solía sentarse Tomás a esperarla. La parte infantil, romántica y tierna de Sara rezaba para que sus pensamientos, deseos y anhelos fueran tan reales como su falta de respiración.

Las cortinas bailaban con la suave brisa que entraba por el balcón. Tampoco había sido ella quien las manipulaba. Solo le faltaban unos pasos para llegar, cuando observó una sombra dibujada en el suelo. Los latidos del corazón comenzaron a retumbarle dentro del pecho. El vello de la piel se le erizó y miles de mariposas sonrientes aleteaban al mismo tiempo en el estómago.

«¿Cómo es posible que este hombre siga teniendo tanto poder sobre mí?», se preguntó, nerviosa.

Estuvo a punto de llamarlo para asegurarse de que no eran imaginaciones suyas, aunque, si realmente estaba allí, no quería que nadie la oyera.

Con suavidad, apartó la cortina de la puerta y salió al balcón. Los jazmines que poblaban el jardín se pusieron de acuerdo en mandar todo el aroma posible para endulzar el ambiente. La luna nueva alumbraba el cielo, animando a todas las estrellas y constelaciones a hacer lo mismo. Los grillos ofrecían su música sin reparos.

«Y él está aquí. ¿Qué más puedo pedir?», pensó.

—Casiopea se encuentra en todo su esplendor, ¿la ves? —preguntó Tomás.

No debería alegrarse tanto de que su deseo se hubiera hecho realidad. Sentía que volvía a ser la niña de trece años enamorada de aquel muchacho que decía beber los vientos por ella. Aunque, a la hora de la verdad, se hubiera rajado como un cobarde.

—¿Qué estás haciendo aquí? —El recuerdo de aquella traición era capaz de cambiar el carácter de Sara en décimas de segundo.

—Mi madre me ha dicho que Francisco es tu padre, que lo sabes y que no debe de ser fácil para ti asumir todo esto de golpe. Pensé que te vendría bien hablar.

—Ya he hablado con Henry.

—No me cae bien ese inglés.

—A mí tampoco Maite.

—¿Quién?

—Perdona, no sé por qué lo he dicho.

—¿Maite, la hija de Gallardo?

—Da igual. No quiero hablar de eso. —No era así como Sara deseaba que fuera aquel encuentro, no hablando de otras personas. Dio media vuelta, pensando en regresar a la habitación y olvidarse de él.

—Tú has sacado el tema. —Tomás se incorporó de inmediato y la sujetó por el brazo—. Espera, no te vayas. Dime qué pasa con ella.

—No sé. Dímelo tú.

—Hace años que se fueron de aquí.

—Bueno, seguro que tuviste tiempo para estar con ella, ¿no?

—Yo nunca estuve con ella.

—Encima de traidor y cobarde, mentiroso.

—¿Te hace falta otro insulto más? Puedo decirte varios.

Sara había dado media vuelta de nuevo para entrar en su habitación, cerrar el ventanal y quedarse a solas, cosa que le apetecía en gran medida. Lo de Maite era algo que tenía atravesado desde que se fue y, si no lo hablaban ahora, no habría otra oportunidad para sacar el tema.

—Te estabas besando con ella la misma noche que nos íbamos a escapar y después me dejaste tirada en el árbol gordo. Te mereces esos insultos y más.

—¿Lo viste?

—Por supuesto que lo vi.

## Capítulo 14

Tomás nunca imaginó que una escena tan comprometida como la que forzó Maite con aquel insignificante beso hubiera tenido como espectadora a Sara.

—¿Qué parte viste?

—¿Cómo que qué parte vi? ¿Te estás quedando conmigo?

—A ver, tranquilízate y piensa en lo que voy a decirte. Si estabas allí antes de que Maite se lanzara a besarme, entonces sabes que yo no fui. Si te quedaste después de que lo hiciera, sabrás que discutí muy fuerte con ella y le hablé de lo que sentía por ti. Con la suerte que tengo, seguro que llegaste en el momento intermedio y te fuiste, ¿verdad?

—Es verdad. Aun así, quise que me explicaras el significado de lo que vi y fui al árbol gordo a la hora pactada; tú nunca llegaste.

—Y seguro que tampoco te enteraste de lo que ocurrió.

—Sorpréndeme.

—Cometí el error de contarle a Maite nuestros planes, solo para que supiera que estaba dispuesto a hacer cualquier cosa por salvarte de tu padre y también le dije que estaba muy enamorado de ti. Ella fue corriendo a contárselo todo a tu padre, bueno, a Miguel —explicó Tomás—. Vino enloquecido a mi casa y discutió con mi padre como un energúmeno. Llegó a amenazarlo con despedirlo si no me entraba en cintura. Le dijo que había llegado a abusar de ti.

—¿Cómo? Eso no es...

—¿Verdad? Claro que no. Pero mi padre lo creyó y salió de la casa hecho una furia. Miguel aprovechó el momento para darme una paliza que jamás olvidaré.

—¿Miguel te pegó? —El dolor de sus propias experiencias emocionó sus ojos, que respondieron humedeciendo las mejillas—. Si lo hubiera sabido... Si tu... Se aprovechó al verte solo, como siempre lo hacía. ¿Y tu madre? ¿No estaba?

—No, estaba recogiendo las cosas de la cena en tu casa. Traté de comprobar los daños y avisarte; no podía ni moverme. Por eso no acudí a nuestra cita.

Tomás se sentó en el suelo del balcón. Las lágrimas le resbalaban por las mejillas a pesar de sus intentos por limpiárselas.

—Pensé que su problema era solo conmigo. ¿Cómo pudo golpearte? —preguntó Sara.

—Los golpes no fueron tan dolorosos como el hecho de que tú te fueras para no regresar jamás.

Sara no podía creer lo que estaba escuchando. Esperaba cualquier excusa menos esa.

—¿Sabes?, esperaba que no te fueras sin saber si yo estaba bien —continuó Tomás—. Deseaba que no me vieras los golpes de la cara, aunque, si ibas a verme... eso quería decir que nunca te fuiste. Pero te marchaste. Y después tu padre me decía orgulloso, cada vez que le escribías, que te lo estabas pasando en grande y que no querías volver. Que ni siquiera preguntabas por mí.

—Tomás, yo nunca le escribí a mi padre. Tan solo envié dos cartas a mi madre y ella me pidió que dejara de hacerlo porque después tenía problemas con él.

Sara se había agachado y trataba de consolarlo acariciándole el brazo.

—Nos separaron, Tomás. Creo que eso fue lo que pasó.

—De todas formas, nos hubiera separado la vida o tu Henry.

—No es mi Henry.

—¿Llegaste a pensar alguna vez en mí?

—Con todo lo que me habías hecho...

—Ya.

—Con todo y eso, miles de veces. Jamás dejé de pensar en ti, aunque con el tiempo... ¿Me dejas?

Sara se colocó como solía hacerlo de niña, entre sus piernas, sintiendo la seguridad de unos brazos fuertes y protectores. Hubiera dado la vida entera por sentirse así miles de veces en el internado, en los años de facultad, en Londres...

—Siento no haber ido a verte —confesó Sara—. Nunca supe lo que Miguel había hecho.

—Siento que presenciaras lo de esa niña. No me importaba lo más mínimo.

—¿Por qué me odiaba tanto mi padre, Tomás?

—A nosotros nos decía que las mujeres solo servís para una cosa y a veces ni eso. Los hombres se callaban por no contradecir al dueño. Después, mi padre solía sacar la conversación en la cena y me decía que había muchas mujeres buenas, solo había que encontrarlas, igual que había hombres que no servían para serlo.

Tomás le apartó un mechón de pelo de la cara y ella lo miró.

—Yo sabía que había encontrado a la mejor y soñaba que algún día volverías. Por eso te esperé.

—¿Por qué esperaste tanto, si veías que no volvía?

—Porque fuera donde fuera y conociera a quien conociera, siempre te veía a ti. Para qué cambiar de escenario, si el teatro eres tú.

—Creo que, en el fondo, sin saberlo, yo también te he esperado.

Esta vez fue Sara quien tomó la iniciativa y lo besó. En cuanto sus labios tocaron los de ella un impulso eléctrico recorrió todas y cada una de las neuronas de su cuerpo. La pasión se desbordó y los deseos contenidos por tantos años provocaron el momento más erótico de sus vidas. Pero no era prisa lo que sentían. Sus labios probaron todo tipo de posturas y movimientos, sus manos cobraron dinamismo y recorrieron centímetro a centímetro la piel que un día les fue prohibida. Los sueños encerrados en un mundo inaccesible dieron lugar a paraísos extensos, libres de ataduras.

Pero el amor no puede ser contenido por mucho tiempo y, al descubrir que sus sentimientos volvían al punto de partida, ellos también volvieron a su infancia, eliminando cualquier sufrimiento. Ahora todo estaba en su lugar, no había terceros ni promesas rotas... Ahora estaban de nuevo los dos. Aquella noche permanecería en el recuerdo de ambos como el momento en que todo volvió a su sitio. Ni los años transcurridos ni las malas intenciones de Maite y mucho menos la falta de cariño de quien creyó su padre serían motivos suficientes para seguir postergando el mayor deseo de sus vidas. Amarse como nunca les dejaron siendo niños.

A la mañana siguiente, Sara se despertó y volvió la cabeza, buscando a Tomás. Estaba sola. Miró el reloj. Eran más de las ocho. Salió de la cama de un salto, pensando que no le daría tiempo a recibir a la cita de las nueve y media. El banquero que llevaba las cuentas de las bodegas venía a traerle la documentación necesaria para poner todas las propiedades en venta. Le daba coraje no tener ducha en su habitación; era una de las cosas que más odiaba de aquella casa. Cogió lo que necesitaba y se fue al baño del pasillo. En cuanto el agua fresquita de la ducha comenzó a regar su cuerpo, pasó las manos llenas de jabón por él, recordando que no hacía mucho, otras manos habían hecho lo mismo con una sensación más placentera de la que ahora recibía, pero era normal, las manos de Tomás eran mágicas.

Sara tuvo que obligarse a salir pronto de la ducha, pues el reloj corría y debía atender primero a su padre.

«Mi padre», pensó.

¿Por qué esas mismas palabras tenían ahora un sentido diferente? Siempre quiso a Francisco y lo mejor de todo era que se sintió amada por él. Saber que era su padre biológico significaba una nueva oportunidad para ella. Ahora podía entender el rechazo de Miguel y pasar página. Tenía la posibilidad de sentir el cariño de un buen padre y cambiar el concepto que tenía de esa palabra. Francisco sabía amar. Amaba con pasión a su madre, aunque ya no estuviera presente, y a ella le había hecho sentir una niña especial en muchas ocasiones. Lástima que su madre no estuviera allí para presenciar el cambio que se había producido en su vida.

Al entrar en la habitación, vio cómo María peinaba al recién afeitado y aseado Francisco mientras Manuel recogía su ropa de encima de la cama.

—Tata, siento no haberme despertado antes. Quería atenderlo yo y no daros más trabajo.

—No es trabajo, lucero. Es el señor Francisco y estamos muy contentos de que haya vuelto a casa.

—¿Has visto lo guapo que te han puesto María y Manuel?

—Lástima que no pueda andar por los viñedos y ver las tierras —contestó cabizbajo su padre.

—¿Quién te ha dicho que no puedes? Esta silla tiene muy buenas ruedas y seguro que puedo manejarla sin problemas. Vamos a desayunar y te llevaré en cuanto termine con el banquero, ¿de acuerdo?

—Es posible que te cueste hacerlo, niña —dijo Manuel—. Si quieres, yo os ayudo.

—Perfecto, Manuel. Luego lo vemos.

Francisco sujetó la mano de Sara y esperó a que estuvieran solos.

—¿Has visto a Ana? No quiero que Miguel se entere de que pregunto por ella.

—Francisco. Ha pasado mucho tiempo. Miguel ya no está con nosotros y mi... y tampoco está Ana.

—Al final... ¿la mató? —preguntó preocupado.

—No, no. Ella se puso enferma y nos dejó. Te lo conté ayer, ¿recuerdas?

—Esta cabeza mía... ¿Tú estás bien?

—¿Me creerías si te dijera que hoy es el mejor día de toda mi vida?

—¿Y el jornalerito no tiene nada que ver? —preguntó riendo.

—¿El jornalerito?

—Sabes a quién me refiero.

—Tomás es un hombre maravilloso, tío.

—Lo sé, cariño. Lo sé.

—Ven, vamos a desayunar —comentó Sara, un poco sonrojada por la conversación.

—Ya tengo hambre.

«¿Cuándo se habría dado cuenta su padre de sus sentimientos hacia Tomás? ¿Quizá de niños? ¿Habría hablado con Miguel de lo que ocurría entre nosotros?», se preguntó Sara.

Sara estaba sentada en el despacho que ya comenzaba a considerar suyo cuando entró, de soslayo, Tomás. Cerró la puerta y, como si fuera un ladrón, le robó el primer beso de la mañana mientras ella reía y se dejaba hacer.

—Tengo que hablar contigo. —Tomás se había puesto serio en un segundo.

—Ahora tengo una cita muy importante, luego hablamos, ¿vale?

—No. Es precisamente de esa reunión de la que tengo que hablarte. Escucha, sé que el asunto del testamento, las deudas y demás han resultado un golpe tremendo para ti, pero he pensado una manera de conseguir salir de esto sin perderlo todo. Son tus tierras, no lo olvides.

Tomás se sentó sobre la mesa, obligando a Sara a prestar atención únicamente a sus palabras.

—Tomás, no tienes idea de lo que estás hablando. Es una deuda altísima con la que no puedo ni siquiera empezar a luchar. —Una parte de ella deseaba pasar el resto de su vida en La Villa, junto a su padre. Pero los malos recuerdos la atormentaban y los problemas actuales la agobiaban—. Además, no quiero nada de esto. Ya no las siento mis tierras. Me acostumbré a vivir lejos del anisado aroma del hinojo y el olor a tierra tostada por el sol. Acepté que no valía para estar aquí. Sobreviví a la soledad y a la ausencia de cariño. He recuperado a mi padre y eso es lo que importa. Nada me ata a las bodegas Villagalvés.

—Te atan tus recuerdos, tu risa de niña, tus juegos... Incluso tu primer beso, ¿recuerdas? Ahora eres adulta y, como tal, debes tratar de entender las costumbres y tradiciones de los que ya no están. Aquellas que los obligaron a actuar como lo hicieron. Olvida lo que ocurrió, a Miguel y sus palabras, lo que te hizo y cuánto te dolió. Tu madre vivió en una época en la que poco se podía hacer contra un marido celoso y machista.

«Pero ¿qué está diciendo? ¿Cómo cree que se puede olvidar algo así?», pensó.

—Las cosas podían haber sido diferentes si ella...

—Pero no lo fueron. No puedes cambiar nada de lo que pasó. Lo que sí puedes cambiar es lo que está por pasar.

Sara se levantó del sillón y se acercó a la ventana. Se descubrió mordiéndose las uñas, como hacía cada vez que un problema la embargaba. Entendía el amor que Tomás sentía por las tierras, por las bodegas. Llevaba años viviendo allí, era lógico. Pero ella tenía recuerdos demasiado pesados. En aquella casa había demasiadas vivencias que olvidar.

—Ninguna flor es capaz de crecer plantada en un suelo podrido —expuso Sara.

—Sí, si la cuidas con amor y ternura.

—Quiero acabar de una vez, Tomás.

—Esto no se acabará porque vendas y te vayas. Pero no estás hablando de las tierras, ¿verdad? Estás hablando de tu vida, y te entiendo.

—¿Seguro? Porque no lo parece. No se puede hacer nada por las bodegas, no es posible rescatar lo que un día fueron.

—Estás tirando la toalla sin pararte a pensar un poco. —Tomás sentía que estaba perdiendo la batalla. Tenía que rescatar a la niña que vivía dentro de la hermosa mujer que tenía delante—. Las bodegas no están acabadas, sino en su punto medio, al igual que tu vida. Y créeme cuando te digo que el punto medio nunca fue el final de nada. A partir de ahora vendrán los demás, tu descendencia y la de ellos, que dependerán para siempre de la decisión que tú tomes en este momento.

—Me estás abrumando, Tomás.

—Estoy suavizando tus miedos. —Tomás acarició el rostro de Sara para infundirle seguridad al tiempo que le aconsejaba—. Rescata lo que un día sentiste al correr por estas tierras, al comer su fruto, al crear esa bebida excitante, placentera y evocadora de sueños, para darle de nuevo el nombre que un día tuvieron y que las hizo grandes. Dales una oportunidad a aquellos que lleven tu sangre.

— ¿Cómo? —preguntó Sara.

—Dale vida. Yo estaré contigo.

—¿Puedes decirme qué te ha ocurrido para que salgas tan positivo y filosófico esta mañana?

## Capítulo 15

Tomás mostró una sonrisa pícara e insinuante a Sara antes de contestar.

—La noche que he pasado contigo, eso ha ocurrido. Antes pensaba que en cuanto nos pagaras lo que tu familia nos debía, cogería a mis padres y me iría de estas tierras. Tú te irías lejos, tal vez con Henry y, entonces, ya no te volvería a ver. Pero lo que pasó anoche me ha hecho darme cuenta de que nuestras vidas están aquí, Sara, igual que nuestras raíces, nuestro primer amor, incluso nuestros errores.

—¿Errores?

—Uno muy grande que cometimos los dos.

—¿De qué hablas?

Ambos volvieron a sentarse como en un principio. Tomás agarró una mano de Sara y la acarició mientras le narraba un suceso.

—Recuerda esto: tu pa... Miguel estaba tratando de descubrir un nuevo crianza y hacía la primera mezcla en una barrica de la bodega vieja, ¿te acuerdas? Mi padre debía darle vueltas de vez en cuando. Una mañana estaba muy mal con su dolor de espalda y tú te ofreciste a hacer su trabajo. Yo debía llevar las herramientas de poda para que los hombres trabajaran, pero Miguel me encargó echar la dosis recomendada de sulfuroso. Cuando llegué, te vi solita, dándole vueltas al vino.

Sara mostró una sonrisa pícara al rememorar aquel momento.

—Me acuerdo. El día antes nos habíamos besado por primera vez.

—Y me moría por volver a hacerlo. Antes de nada, vertí la dosis en la barrica y debí guardarme el resto del sobre en el pantalón.

—Pero no lo hiciste. —De forma instintiva Sara se acercó a Tomás y él aprovechó para besarla de nuevo.

—No —respondió al separarse—. Me quedé con el sobre en la mano y te besé como un loco. Entonces escuchamos a Miguel entrando en la bodega vieja, llamándome, y me puse nervioso.

—Y se te cayó el sobre dentro de la barrica.

—Pude sacarlo, aunque la dosis de ese día fue muy superior a la recomendada. —Tomás calló unos segundos, mientras la miraba con ternura.

—Yo te convencí de no decir nada. —Solo pensar que lo que Miguel le hubiera podido hacer la llevó a estremecerse.

—No tardó mucho en descubrirlo. A los pocos días de irte, Miguel comprobó que el vino se había estropeado y no pudo embotellarlo para presentarlo a un concurso internacional.

—Vaya, no sabía nada de eso.

—Me culpó a mí de todo, por no haber sabido calcular bien la dosis. Me echó la bronca delante de mi padre e incluso amenazó con despedirme de nuevo. Mi padre intercedió por mí, pero deseé que no lo hubiera hecho. Seguir aquí sin ti ha sido toda una tortura, aunque, si me hubiera ido, nunca te habría vuelto a besar.

Tomás se acercó aún más a ella.

—Escucha. No sé si lo que pasó anoche fue tan importante para ti como para querer intentarlo de verdad. Si te quedas, te prometo trabajar de sol a sol, si es necesario, gratis y además ayudarte en todo lo que pueda. Eres una mujer valiente y decidida, podrás con esto y con más. Solo tienes que convencer a gente rica de que te presten el dinero suficiente para sacar adelante esta cosecha —dijo sonriendo—. Después, volveremos a elaborar el mejor vino que hayan dado estas tierras y las bodegas Villagalvés serán algún día tan importantes como lo fueron hace tiempo. Piénsalo.

Sara admiraba la capacidad que tenía Tomás de pensar en positivo, pero ella era más realista.

—Todo eso no son más que ideales, Tomás. Se necesita mucho para volver a ser lo que fuimos.

—Ganas, Sara. Se necesitan ganas. —Le dio un beso tierno y salió del despacho.

Las vistas desde la gran ventana del despacho eran posiblemente las mejores de toda la casa. Sara miraba los viñedos tratando de poner orden a lo que acababa de comentarle Tomás. España.

—¿Señorita Villagalvés? —interrumpió el señor Ignacio Vargas, el banquero, entrando en el despacho seguido del notario.

—Ah, buenos días, pasen y tomen asiento. —A Sara le iba a costar mucho concentrarse en la reunión que estaba a punto de comenzar. Sus pensamientos estaban muy lejos de aquella habitación. Tal vez se encontraban debajo del árbol gordo, donde todo era tan fácil cuando era niña, donde los sentimientos eran reales y puros, donde las cosas tenían fácil solución.

Durante un escaso segundo, deseó decirles a aquellos caballeros que necesitaba estar sola. Se iría a sentar bajo la sombra del árbol con su diario entre las manos y le escribiría a su alma para que le hablara y le dijera lo que ella no se atrevía a decir nunca en voz alta.

—Aquí le traigo el informe con su patrimonio y el valor total —comenzó diciendo el notario, interrumpiendo los pensamientos de Sara.

Sara ni siquiera lo tocó. Su cabeza aún trataba de asentar la idea que se estaba formando tras la conversación con Tomás.

—Sé que no lo vais a entender, pero creo que las cosas han cambiado.

—No entiendo, señorita —comentó el señor Vargas.

—No vamos a seguir con esto. Estamos estudiando la posibilidad de realizar la cosecha de este año y elaborar vino de primerísima calidad. Para el próximo año, podríamos pagarle la primera cuota de nuestra deuda, si ustedes nos conceden un tiempo de margen.

—Disculpe, señorita, eso no es lo que se había planteado —aseguró Vargas.

En ese momento, llamó a la puerta el señor Antonio, el abogado de la familia.

—Pase señor, siéntese. Estamos empezando, no se preocupe. —Sara se incorporó; le temblaban las piernas y no podía seguir sentada.

Los tres hombres se miraron entre ellos.

—Sé que no era lo pactado —continuó aclarando—. Necesito que un grupo de empresarios apuesten por nosotros. Cuento con el mejor enólogo del Reino Unido y volverán a trabajar para mí los jornaleros de siempre, quienes conocen el trato preciso que necesita nuestra uva para llegar a convertirse en vino de calidad. En breve, nuestras botellas llenarán las estanterías de los mejores restaurantes del país. Una vez lo hicimos, señores, volveremos a conseguirlo.

—Esta es una decisión que no puedo tomarla yo solo —dijo el banquero.

—Usted conoce a los mejores empresarios de la zona, hable con ellos. Proponga una reunión general donde les mostraremos el proyecto y la cuantía necesaria para la inversión. Doblarán la cantidad que recibirían con la venta de las bodegas, créanme.

—Está bien. La llamaré —dijo el señor Vargas, no muy convencido, saliendo del despacho con el notario.

—No has abierto la boca —le reclamó Sara al abogado.

—Me sorprende este cambio de actitud.

—¿No crees que se pueda hacer?

—Tú sola, no.

—No estoy sola, Antonio. Están Henry y Tomás.

—Y esto ha sido idea ¿de...?

—De Tomás, pero qué más da. Da igual de quien haya sido la idea, lo mejor de todo es que se puede lograr. Con un buen proyecto y...

—La promesa de un pagaré.

—Pues sí, la promesa de un pagaré, pero será realidad. No me estropees mi ilusión, Antonio. Necesito que todo el mundo me apoye, aunque sea un poquito.

—Bueno. ¿Qué es lo que viene a continuación? —preguntó dudoso.

—Convencer a Henry de hacer el proyecto para poder presentarlo.

—Pensé que... ¿Henry no sabe nada de esto?

—No. Hoy lo sabrá y me apoyará, estoy completamente segura.

Sara confiaba en Henry. Había dejado su trabajo en la redacción para venir a España y ofrecerle su ayuda y apoyo. Era un gran amigo y lo conocía lo suficiente para saber que se implicaría en un proyecto como aquel.

Sara salió del despacho, decidida a hablar con Henry y convencerlo de apostar por las bodegas Villagalvés. En cuanto se despidió del abogado, María le trajo a Francisco en su silla de ruedas, dispuesto a dar el paseo prometido.

—¿Lista para cumplir tu promesa? —preguntó ilusionado su padre.

—¡Claro! —Lo había olvidado por completo y no le quedó más remedio que posponer la charla con su amigo. Además, estaba deseando saber más de su pasado y, en eso, solo Francisco podía ayudarla.

En cuanto salieron al jardín de la entrada, Sara supo que no irían muy lejos. Las ruedas no se deslizaban fácilmente por los grandes y duros terrones de los viñedos.

—¿Sabes qué se me está ocurriendo? —preguntó Sara, posando la mirada en el todoterreno aparcado cerca de la fuente central.

—Dime.

—¡Manuel! ¿Ha visto usted a su hijo por aquí? Necesito que me eche una mano.

—No, señorita. ¿Puedo ayudarla? —contestó dirigiéndose enseguida hacia ella.

—Quiero sentar al señor Francisco en el coche, ¿podrá levantarlo?

—Vamos a intentarlo.

Entre los dos sentaron al señor Villagalvés en la parte del copiloto. Al cerrar la puerta, Sara se dirigió a Manuel con voz baja. No quería que su padre se enterara todavía de los asuntos de las bodegas.

—Por favor, si ve a Henry dígale que necesito hablar con él, ¿de acuerdo?

—Claro, niña.

Sara arrancó el coche y paseó unos minutos por fuera de los viñedos mientras ambos hablaban de la cantidad de uva que había ese año. Tras un tiempo conduciendo, fue a parar cerca del árbol gordo. Bajarlo del coche fue algo más sencillo, aunque resultó un tanto complicado conducir la silla hacia la sombra del árbol.

—Se está bien aquí, ¿a que sí?

Francisco no dijo nada.

—¿Reconoces el lugar? —insistió Sara.

—Claro que lo reconozco. El árbol gordo, para...

—Para los enamorados, sí. Me lo dijo la tata cuando era pequeña. Me contó que, si una pareja se besa bajo la sombra de este mágico árbol, como ella lo llamó, no se separará nunca.

—Pero no es verdad —confesó Francisco.

—No. No lo es. Tomás y yo nos separamos.

—No fuisteis los únicos.

—¿Cómo comenzó todo? Cuéntamelo, necesito saber qué pasó.

Francisco miraba al vacío mientras su mente viajaba a los años sesenta. Con una voz muy suave narró su historia de amor.

—Yo era aún un muchacho. La cocinera de la casa murió y mi madre tuvo que buscar a otra persona. Dolores llegó con su niña. Desde el primer momento en que la vi, me pareció la muchacha más bonita que había visto en toda mi vida. En la casa había dos jovencitos, así que ella estaba siempre allí, cerca de la cocina y vigilada continuamente por su madre.

Francisco miraba el reloj a veces, como si esperara que llegara algún momento en concreto. Luego seguía como si nada lo hubiera interrumpido.

—Aun así, ella y yo encontramos la forma de escaparnos y nos veíamos todos los días antes de que oscureciera, bajo la sombra de este árbol. Aquí hablábamos de nuestras cosas y de lo que íbamos a hacer cuando fuéramos mayores. Así pasaron varios años. No te voy a decir que no hubiera besos y caricias entre nosotros, claro que las había, pero yo siempre la respeté.

Otras veces se quedaba mirando a Sara como si la reconociera, como si esperara encontrar alguna señal que la identificase o algo parecido.

—Los rosales están sanos y fuertes —cortó la conversación de pronto—. ¿Recuerdas por qué se plantan rosales alrededor de los límites de las tierras?

—Claro que sí. Los rosales dan la voz de alarma si alguna fuerte plaga quisiera arrasar los viñedos.

—Así es. Son los primeros en morir. Eso quiere decir que la plaga que tienen los viñedos ahora no es importante. Tienes madera de bodeguera. —Ambos rieron.

Francisco guardó silencio unos minutos y Sara lo respetó. Después continuó con su historia.

—Mi padre tenía amigos importantes en el ejército y consiguió un permiso especial para mí de dos años. Durante ese tiempo, mi hermano Miguel se haría mayor de edad y podría continuar con el trabajo familiar. Sabíamos que Ana y yo contábamos con ese tiempo para estar juntos, aunque sin decírselo a nadie, ya que teníamos la sospecha de que todo el mundo se opondría a nuestra relación y nos separarían. Pensábamos que cuando volviera de hacer el servicio militar, la mili, como la llamábamos entonces, nos casaríamos y tendríamos hijos sanos que corretearían por estas tierras felices y orgullosos. Yo continuaría con las bodegas familiares y todo sería maravilloso.

Varias lágrimas rodaron por sus mejillas.

—El momento de irme llegó, y los primeros meses fueron muy duros para ambos porque no estábamos acostumbrados a pasar ni un solo día separados. Nos escribíamos cartas todas las semanas. En ocasiones, no tenía nada nuevo que contarle y gastaba toda la hoja dibujando corazones, como ese que ves ahí.

—Francisco señaló el corazón que había tallado en el árbol y que Sara vio el primer día que llegó desde Londres.

Sara se irguió cuanto pudo para ver el corazón. Estaba demasiado alto para distinguir bien su interior.

—Hay algo más que un corazón. No alcanzo a verlo.

## Capítulo 16

Francisco lo miró y recordó el momento en que lo dibujó, siendo un adolescente enamorado.

—Es el dibujo de un árbol con sus raíces, rodeadas por un corazón. El árbol representa a Ana y el corazón, a mí. Yo protejo sus raíces que es lo que le da vida.

—Eso es precioso, Francisco.

—En las raíces se encierra el sabor del vino, el amor a la tierra y la fuerza interior, aunque también los problemas familiares, los secretos y las mentiras. Puedes enterrarlas bien profundo. Al final, su esencia acaba viendo la luz del sol.

—Es cierto. ¿Quieres continuar?

—A los pocos meses, Ana dejó de escribirme. Ya no recuerdo las cartas que le mandé preguntándole qué le ocurría. Nunca me llegó a contestar.

Sara percibió el dolor en el rostro de su padre.

«Quizá esta conversación esté siendo más dura de lo que en un principio creí», pensó Sara.

—Al poco tiempo recibí una carta de mi padre, contándome que había solicitado a mi superior que me dieran permiso para ir a casa, y había sido rechazado —siguió contando Francisco mientras se retorcía las manos—. En breve se celebraría la boda de mi hermano Miguel con Ana. No podían esperar más tiempo porque ella estaba embarazada y no quería que se le notase el día de la boda. Desde aquel día no volví a escribirle ni una carta más.

Francisco volvió a su silencio y solo se escuchaba el cantar de los pájaros.

—Está empezando a hacer mucho calor para que estéis aquí a esta hora, ¿no te parece, Sara? —Henry llegó al árbol gordo, un tanto molesto por el trato que estaban recibiendo sus caros zapatos.

—Sí, claro —contestó ella, aceptando con resignación la interrupción de su amigo.

«¡Qué ganas tenía de conocer la versión completa de mi padre!», pensó.

—Me ha dicho Manuel que me buscabas.

—Ven, Henry, ayúdame a entrar a Francisco en el coche y volvamos a la casa. Allí hablaremos mejor.

Sara tenía miedo de que su padre enfermara o decidiera no hablar más y guardarse parte de la información. Los demás asuntos también urgían, así que, con gran pesar, tendría que dejar la charla para más tarde.

En cuanto llegaron cerca de la casa, un coche se cruzó con ellos.

—¿Y ese taxi? —preguntó Sara.

—Lo ha solicitado Chelo. Al parecer, ha quedado con sus amigas para distraerse.

—Sí, claro. Y tú, ¿cómo lo sabes?

—Me lo dijo esta mañana.

—Es cierto. La vi bajar de la planta de arriba, como si viniera de tu habitación. ¿Estuvo allí?

—No. ¿Para qué iba a subir?

—No sé. Estáis tan raros los dos... —Sara no quiso perderse la expresión de Henry y lo miró a los ojos. Creyó ver enrojecimiento en su cara, pero lo dejó pasar.

—Tú y tus cosas —dijo Henry, apartando la mirada.

Una vez entraron en la casa, los dos fueron al despacho. Henry abrió la puerta educadamente para dejarla entrar primero. Cuando lo hizo, rozó su mano con la de ella a propósito. Sara quería contarle lo que pensaba hacer con las bodegas y también lo que sentía por Tomás, pero pensó que era muy probable que él estuviera allí solo por ella, con lo que debía tener mucho tacto al hablarle de sus ideas.

—He tomado la decisión de no vender las bodegas.

—¡Bien! —gritó él dando una palmada a la mesa—. Buena decisión. ¿Cuándo la has tomado? ¿Después de nuestro beso?

—Henry, no quiero pensar en eso, ¿de acuerdo? Ya te dije en Londres que no quiero precipitarme.

—Sara, llevas años de calma. Y siento decirte que ayer lo noté.

—Que notaste... ¿qué?

—Pues ¿qué va a ser? Que te gustó el beso, que te atraigo, ¿a que sí?

—Bueno... nos estamos desviando del tema. Escucha, he quedado con el señor Vargas, el del banco...

—Sí, sé quién es.

—Pues, he quedado en que vamos a presentarle un proyecto, bueno, tú como enólogo. Pediremos un tiempo para reponernos y después pagar la deuda. No sé si me explico.

—Perfectamente. Quieres un proyecto de innovación para mejorar las producciones y la calidad de los vinos de las bodegas Villagalvés con idea de comercializarlos e investigar sobre ellos.

Henry sonrió al ver la cara de satisfacción de Sara. Le gustaban sus ideas y estaba seguro de que ese proyecto los uniría todavía más. Se levantó y deambuló por el despacho, acariciándose la nuca. Hacía años que no realizaba un proyecto enológico y se sentía algo perdido, pero enseguida ató cabos.

—Podemos añadir —continuó— que el objetivo principal será evaluar la influencia del riego y de otras prácticas de cultivo en la productividad del viñedo y en la composición de la uva, con el fin de potenciar las peculiaridades de cada variedad.

—¿Crees que eso servirá? —preguntó Sara, ajena a todo lo que su amigo le explicaba.

—Claro. Una vez que consigamos todas estas mejoras, incluiremos un beneficio anual para los proveedores, acreedores y banqueros que nos aprueben el proyecto.

LUISA GARCÍA MARTÍNEZ

—Yo no lo habría dicho mejor —contestó Sara inexpresiva. Conocía el trabajo de Henry y sabía que podía ser excelente en su oficio. Al entrar en el periódico se dedicó en exclusiva a escribir sobre el mundo del vino y dejó aparcada su carrera. Ahora podría ser un buen momento para retomarla y disfrutar de lo que realmente le llenaba.

—Bien. Hecho —comentó Henry, orgulloso de sí mismo— ¿Cuándo quieres que nos pongamos con eso?

—¿Los dos? Si yo no sé nada de enología. Mira, yo había pensado encargarme de los jornaleros y de la recogida de uva, mientras tanto, tú preparas el proyecto lo antes posible, porque necesitamos efectivo y lo necesitamos ya.

—De acuerdo. Primero voy a ir a hablar con el señor Vargas y le contaré lo necesario para que busque la influencia que necesita. Tú ve controlando lo de los jornaleros.

—Estupendo.

Sara estaba eufórica. Por primera vez desde que leyó el dichoso correo de su tata, se alegraba de haber vuelto a casa. Lo primero que se le pasó por la cabeza fue ir a hablar con Tomás y decirle que había conseguido convencer a Henry para que hiciera el proyecto.

Tras preguntarle a Manuel dónde se encontraba su hijo, se encaminó hacia las bodegas principales y lo encontró apilando barriles vacíos de vino para conservarlos en el lugar adecuado. Estaba de espaldas a ella, sin camisa, con un paño colgando del cinturón. Pese a que las temperaturas de aquel lugar eran

167

bastantes frescas, el trabajo que realizaba al cargar barriles de un lado para otro le hacía sudar. Decenas de gotas brillaban sutilmente bajo los focos de luz y resbalaban sobre la piel curtida por el sol. Con el torso esculpido por el trabajo diario y la altura propia de un hombre grande, podría haberse convertido, con toda seguridad, en modelo de Miguel Ángel.

Sara no quiso interrumpirlo, más por puro egoísmo que por otra cosa. Disfrutar de la imagen que tenía delante de sus ojos era un lujo, más incluso que la propia belleza de aquellos parajes. Después de un rato, él sintió su presencia.

—¿No pensabas decirme que estabas ahí? —preguntó sonriente, caminando de manera sensual hacia ella—. ¿Qué mirabas, ah?

No le dio tiempo a contestar. La sujetó por debajo de los hombros y la subió a un barril. Introdujo la mano derecha bajo su pelo y la lanzó de forma estrepitosa a un mar de sensaciones incontroladas y placenteras. La posesiva presión de sus brazos impedía que Sara se zafara de ellos, así que aceptó, con muy buen agrado, que la besara hasta que flaqueara su cuerpo entero. La boca le sabía a limonada y el cuello, a sal.

—¿Qué necesitas de este humilde servidor? —dijo cuando al fin separó los labios, aunque no el cuerpo, de ella.

—Como me beses así cada vez que venga, no te voy a dejar trabajar. Henry ha aceptado.

En cuanto pronunció el nombre del inglés, la presión de los brazos de Tomás cedió.

—Era lógico, ¿no? Haría cualquier cosa que le pidieras. ¿Le has hablado de nosotros?

—Escucha. No quiero ocultar lo nuestro para siempre, te lo aseguro... él no... Él cree...

—Que terminarás aceptándolo.

—Te aseguro que no voy a alimentar sus expectativas. ¡Tomás, no te vayas! —rogó Sara al verlo retirarse, enfadado y celoso.

—No creo que engañarlo sea la mejor solución.

—No quiero engañarlo, pero lo necesitamos.

—¿Sabes lo mal que suena eso? ¿Qué harás cuando te pida guerra?

—¿Guerra?

—¡Oh, ya me entiendes, Sara!

—Ya le he dejado las cosas muy claras. Le he dicho que no quiero que haya nada entre él y yo, en estas circunstancias. Tomás, no pretendo darle esperanzas, tampoco quiero enfadarlo y que se vaya.

—Le has dejado una puerta abierta. Bueno, da igual —contestó, resignado. Volvió a sujetar uno de los barriles que le quedaban y lo llevó al otro extremo de la sala—. Él también mantiene un doble juego, así que...

—¿A qué doble juego te refieres? —preguntó Sara, intrigada.

—Se ve, ¿no? Las miradas tan extrañas que se cruzan la señora Chelo y él... O se han liado o lo harán en breve.

—¿En qué sentido?

—¡Ay, Sara! A veces siento que estoy hablando con la chiquilla de la que me enamoré.

—Ven aquí —dijo Sara haciéndole cosquillas en la cintura para que se acercara. En cuanto lo consiguió, le plantó un fuerte y sonoro beso en los labios, marcando su territorio como si fuera una pequeña gatita—. No quiero que estés celoso de Henry ni de nadie. Te amo, Tomás. Te amo desde el primer día que fuiste amable conmigo atándome un pañuelo alrededor de mi rodilla herida, tras la caída al riachuelo. ¿Recuerdas?

—Llorabas como un bebé.

—Dolía mucho, perdona.

—¡Sí...! Casi te desangras por completo y tenemos que ingresarte en la unidad de cuidados intensivos —dijo Tomás con ironía.

—¡No te burles!

—No hago —contestó juguetón.

—Oye, ya, en serio. Tenemos que hablar.

—¿Sobre qué?

—Quiero que busques a todos los que un día fueron trabajadores fijos en estas bodegas y los cites para hablar conmigo esta tarde. Me gustaría contar con tu presencia, si no tienes nada mejor que hacer.

En la época de plenitud de las bodegas había varias decenas de trabajadores en plantilla y Sara estaba dispuesta a traerlos de vuelta.

—¿Aviso a todos? —preguntó Tomás.

—¿A cuántos crees que podríamos convencer para que nos ayuden a recoger la uva de este año y pagarles con los beneficios que consigamos?

—A ver, si fuera tu hermano el que propusiera la reunión, seguro que no convencía a nadie. Siendo tú... No sé, necesitaríamos por lo menos a veinte hombres. Podemos decírselo a unos cuantos más, por si alguien falla o no se fía.

—¿Crees que no aceptarán?

—Hay mucha gente en paro, Sara. Aun así, vas a necesitar una buena promesa.

—De acuerdo. Tú ve al pueblo ahora y diles que los espero en las bodegas a las ocho y media de la tarde. Háblales de la oferta, sin decir que será un pagaré, eso ya se lo diré yo. Tú serás el encargado, ¿de acuerdo?

—Ah, ¿me estás ofreciendo a mí también un trabajo con promesa de «un día te pagaré»? ¿O me lo puedo cobrar en carne? —preguntó Tomás, haciéndole cosquillas de nuevo.

Sara se echó a reír y escapó, por los pelos, de la cariñosa prisión en la que se encontraba, rodeada con fuerza por los brazos de su amado. Si se quedaba allí, estaba segura de que Tomás no tendría tiempo para ir al pueblo a hablar con los jornaleros.

Una amplia sonrisa iluminaba el rostro de Sara cuando entró en casa. Francisco se encontraba frente a una de las ventanas del pasillo, mirando a través del cristal. Con la mano derecha agarraba la cortina mientras que con la otra sujetaba un cigarrillo casi apagado. Ella se acercó y se arrodilló a su lado.

—¿Dime qué ves?

—¿Sabes? Cuando terminé el servicio militar, me planteé buscar un trabajo lejos de las bodegas y comenzar desde cero. Entonces, me ofrecieron seguir en el ejército y hacer carrera militar.

Sara se dio cuenta de que no miraba a través del cristal sino de los años.

—Al principio me pareció buena idea —continuó—, pero estuve en el extranjero casi cinco años. Se dice muy pronto... Cuando volví con el primer permiso que me concedieron, tu madre estaba sentada en esta misma ventana.

—¿Mi madre?

—Perdona, lucero —los interrumpió María—, el doctor Gamboa acaba de llegar.

—Luego seguimos hablando, ¿de acuerdo? —comentó Sara dándole un beso a su padre en la frente.

María agarró los mangos de empuje para llevar al señor Francisco al patio, pero él miró directamente al hombre que aguardaba en la entrada.

—Espera un momento, María. ¡Doctor Gamboa! ¿Qué gusto volver a verlo! ¿Qué le trae por aquí?

—¡Señor Francisco! —El doctor se acercó y le estrechó con ímpetu la mano—. ¡Cuánto me alegro de que esté en casa de nuevo! Necesito hablar de unos asuntillos con la señorita Sara.

—Supongo que se tratará de dinero, como siempre.

—Bueno, hay una factura pendiente y...

—¿No cree usted que ya cobró bastante con el informe que hizo sobre mí? —Las palabras que pronunció Francisco dejaron a Sara boquiabierta.

## Capítulo 17

El doctor Gamboa miró al señor Francisco con expresión avergonzada y bajó la mirada.

—Señor, no sé...

—Por supuesto que lo sabe —dijo Francisco, acercándose a la entrada.

—¿De qué informe hablas? —preguntó Sara, dudando de la salud mental de su padre.

—Cuando Miguel me ingresó en aquel... centro de locos... no lo hizo solo. Este... «señor», por llamarlo de alguna manera, redactó un informe en el que aseguraba que yo había perdido el juicio y que podría resultar peligroso para la gente que vivía a mi alrededor.

—¿Es eso cierto, doctor? —preguntó Sara.

—Su padre me dijo que así era, señorita —contestó avergonzado.

—¿Miguel?

—¡Claro! ¿Quién sino? —El doctor desconocía por completo el parentesco que unía a Sara con Francisco.

—Pero supongo que usted le hizo un estudio o algo parecido, ¿no es así?

—Bueno, yo...

—El único estudio que realizó —aclaró Francisco— fue contar el dinero que recibió. Si no recuerdo mal, el cheque tenía bastantes ceros, ¿o no, señor Gamboa?

Sara no apartaba los ojos de su padre. Lo veía tranquilo, sin alterarse lo más mínimo con sus palabras.

«¿Será verdad lo que está diciendo mi padre? ¿Cómo es posible que un profesional ponga en riesgo su carrera de una manera tan atolondrada solo por dinero?», se preguntó.

—¿Mandó a... al señor Francisco a un centro psiquiátrico solo por dinero? ¿Fue tan ruin y despreciable como para hacer algo semejante y presentarse aquí de nuevo para exigir más dinero? —Sara estaba más que enfurecida—. ¿Acaso no tuvo bastante? Dígame una cosa... —El móvil comenzó a sonar y Sara lo sacó del bolsillo de su pantalón mientras continuaba cuestionando al doctor—, ¿qué diría la policía si aviso de lo ocurrido?

—Perdón, yo... —El señor Gamboa estaban tan avergonzado que no le salía la voz del cuerpo.

—Espere un instante —lo interrumpió Sara y contestó la llamada—. ¿La policía? ¡Qué casualidad! —dijo, mirando con sonrisa burlona al doctor, que comenzó a sudar como si fuera el fin de sus días—. De acuerdo, en cuanto pueda voy a la comisaría.

—¿Qué ocurre? —preguntó Francisco.

—Chelo está detenida. Al parecer, ha entrado en una tienda de ropa de lujo y ha robado varias prendas. Tengo que ir a tramitar su salida, si es que puedo pagar la fianza y sacarla de allí, claro.

—No lo hagas —dijo María, aunque después se tapó la boca como si se arrepintiera de haberlo dicho.

—¿Cómo que no lo haga? Tata, ¿qué has querido decir?

—Perdóname, lucero. Ya no recuerdo las veces que tu hermano tuvo que ir a sacarla de la comisaría por lo mismo. Lo hace continuamente. Unas veces la cogen y otras no. Lleva un ritmo de vida que no puede mantener y lo consigue robando. La última vez, Raúl tuvo que pedir más dinero prestado a un amigo.

—Increíble. Bueno, voy para allá, a ver qué me dicen. En cuanto a usted —dijo Sara dirigiéndose al doctor Gamboa—, creo que estamos a mano, ¿entiende lo que quiero decirle? A menos que desee confesar sus delitos frente al comisario.

Sara cogió su bolso y salió de la casa. Estaba a punto de subir al coche, cuando vio a Henry caminar hacia ella.

—¿Quieres acercarte conmigo al pueblo? —le preguntó.

—Claro. ¿A qué vamos?

—A ver a Chelo.

—¿A dónde?

—Entra en el coche —le ordenó a su amigo inglés, que seguía mirándola perplejo.

La comisaría estaba abarrotada. Cuatro agentes recogían denuncias en sus respectivos puestos y varias personas esperaban su turno en filas. Durante más de dos horas, Sara y Henry permanecieron sentados en un rincón apartado, bajo un letrero que decía: sala de interrogatorios. Acababan de decirle que la fianza que debían entregar para que Chelo pudiera salir de los calabozos ascendía a casi ochocientos euros; además, debía pagar los daños causados a la tienda. Sara estaba indignada y no era capaz de aguantar sentada ni un minuto más.

—¡Se acabó! —alegó, levantándose de la silla—. He puesto punto y final a mi lado amable y complaciente. Primero descubro que el doctor de la familia arruinó la vida de mi verdadero padre. Después, que Chelo ha sido detenida y no una vez, sino varias veces, por robar en tiendas de lujo.

—¡Cálmate, *honey*! —le rogó Henry.

—No pienso calmarme y deja de llamarme así. Estoy cansada y dispuesta a dejarla en el calabozo hasta que pague con su encierro el delito cometido.

—No es cualquier desconocida. Es parte de tu familia.

—No, ya no lo es. Tuve que aguantar a mi hermano porque no me quedaba otra, ella no es nada mío. —Sin decir una sola palabra más, cogió su bolso de la silla y salió de la comisaría.

Henry se quedó y pagó la fianza para solicitar la libertad de Chelo. Después, salió a la calle y se acercó a Sara.

—Todo listo.

—¿Has pagado? —preguntó, incrédula.

—¿Qué voy a hacer si no? Debemos esperar aquí hasta que un juez la ponga en libertad.

—Y eso, ¿cuánto tarda?

—No lo sé. Jamás he tenido que pagar la fianza de nadie.

Sara lo miró mientras se preguntaba: «¿Habrá en el mundo alguien más generoso que Henry?».

Era todo un honor ser amiga suya y recibir ayuda continua de su parte. Sin embargo, el amor de su vida no tenía la misma percepción de Henry. «¿Será verdad la sospecha de Tomás? ¿Existirá algo entre los dos?», pensaba mientras miraba a su caballero inglés.

Tras firmar los documentos que se necesitaban, Chelo le exigió a un agente que le devolviera la ropa que le habían quitado.

—Lo siento, señora, el contenido del robo se queda en comisaría.

—¿Para qué? ¿Para ponérselo usted? ¡Esa ropa es mía!

En esos momentos, Sara volvía a entrar en comisaría para preguntar por su cuñada. Era increíble ver cómo, después de lo ocurrido, seguía comportándose de una manera tan altanera.

—¿Tendrías el valor de ponerte algo que, por robarlo, te ha llevado directa al calabozo? Sal de aquí. ¡Ya! —gritó Sara, dispuesta a empujarla hasta la salida, si hacía falta.

A Chelo no le quedó más remedio que salir de la comisaría, avergonzada y al mismo tiempo enfurecida con su cuñada. No podía creer que quisiera quedarse con lo que ella había conseguido.

De vuelta en el coche, nadie abrió la boca para iniciar ninguna conversación. Sara estaba enfadada por la propia situación. Henry callaba por no echar más leña al fuego y Chelo, bueno, estaba claro cómo se sentía.

El trayecto se hizo eterno. Cuando Sara consiguió aparcar, Tomás se adelantó para abrirle la puerta y saludarla, aunque no la encontró con la mirada tierna que esperaba. Su amada tenía problemas, lo intuía, y calló. Tendría que esperar a estar solos para hablar del asunto.

—Los jornaleros llegarán a las bodegas a las ocho y media —le dijo en voz baja.

—Bien, Tomás, gracias. Voy a darme una ducha. Luego nos vemos.

—¿Estás bien?

Sara aguardó a que Henry y Chelo entraran en la casa, y entonces se desahogó con él.

—¿Puedes creer que he tenido que dar la cara por una ladrona?

—¿Quién?

—¿Quién va a ser? Chelo. De verdad, no sé por qué continúa aquí.

—Tranquilízate, ¿vale? Ve a darte esa ducha y disfrútala. Después hablamos.

Sara no estaba sola en la ducha, la perseguían los acontecimientos de los últimos días. Pensaba en la hipocresía de Chelo, en el gesto tan supuestamente generoso de Henry, en la indecencia y la poca lealtad del doctor Gamboa, y en la maldad de Miguel con su hermano Francisco. No podía dejar la mente en blanco y, como consecuencia de su malestar, no llegó a disfrutar del momento de soledad ni del olor tan suave y delicado que flotaba en el aire ni siquiera de la frescura del agua. Necesitaba con urgencia desconectar.

En la parte más moderna de las bodegas, había un gran salón destinado a las catas o celebraciones familiares. Varias mesas alargadas y decenas de sillas se apilaban en un rincón para ser colocadas en su sitio en caso necesario. Antes de que llegaran los jornaleros, Tomás había distribuido más de una veintena de sillas por el salón.

A la hora prevista, uno a uno, fueron llegando y cruzaban sus miradas interrogantes. Algunos de ellos llevaban varios años sin trabajar en las bodegas Villagalvés y otros tenían los recuerdos más recientes.

Sara entró en el salón, sintiendo un nudo en el estómago. Necesitaba trabajadores para la bodega y deseaba de corazón que fueran ellos, los mismos que un día trabajaron para su familia, aquellos que conocían bien la tierra, sus defectos y virtudes, sus problemas y soluciones. Aquellos jornaleros transmitían confianza, seguridad, todo lo que ella anhelaba en esos momentos. Con timidez, se colocó frente a ellos y sus ojos se toparon con varias caras conocidas. Intentó sonreír, pero su lado realista le habló:

«No tienes dinero. Será un engaño. Estos hombres necesitan alimentarse, pagar sus facturas, vivir. No puedes obligarlos a trabajar de forma altruista».

## Capítulo 18

Tomás le acercó una silla a Sara y, de forma disimulada, le apretó el brazo, en señal de ánimo.

—Prefiero permanecer de pie, gracias —dijo ella.

Sara carraspeó varias veces y se armó de valor. Sería entonces o nunca.

—Gracias a todos por venir. Por si alguno de vosotros no sabe aún quién soy, me presentaré. Me llamo Sara Villagalvés y soy la hermana de Raúl.

Sara estuvo a punto de decir que era la hija de Miguel. No le pareció ético comenzar la reunión mintiendo y tampoco era cuestión de decir quién era realmente su padre.

—Como ya sabréis, mi hermano acaba de morir y, a partir de ahora, seré yo la encargada de dirigir estas bodegas. Estoy al tanto de los contratiempos que habéis tenido con mi hermano, así como de las mensualidades que aún se os debe a cada uno. Siento deciros que no os puedo pagar de momento... —Tras escuchar aquellas palabras, todos los allí presentes comenzaron a murmurar entre ellos—. Por favor, escuchadme, es mi intención pagar todo lo que él os debía. Solo necesito tiempo.

—Y mientras usted dispone de ese tiempo, ¿qué le damos de comer a nuestros hijos? —preguntó uno de ellos.

—¿Cuánto tiempo necesita para pagarnos? —quiso saber otro.

—¿Qué hacemos mientras? —se escuchó comentar en la última fila.

—Por favor, guarden un momento de silencio —interrumpió Tomás, tratando de ofrecer confianza a sus antiguos compañeros.

—Os he reunido aquí para haceros una propuesta —continuó Sara—. Estoy segura de que será de vuestro interés.

Abrió una pequeña botella de agua que sacó del bolso y le dio un sorbo, en un intento de tranquilizarse.

—Pronto se abrirá el periodo de vendimia, para entonces será necesario que hayamos limpiado las cepas de plagas y realizado vendimia en verde. De esa manera conseguiremos una uva de extraordinaria calidad.

Varios hombres de atrás se levantaron de las sillas y comentaron entre ellos. Algunos bajaron la mirada hacia las puntas de sus botas. La gran mayoría transmitía un único sentimiento: desconfianza. Sara debía esforzarse mucho más si quería tenerlos de su parte.

—Cuento con la ayuda de un gran enólogo —continuó hablando, en un tono superior al usado segundos antes—, que me acompañará durante el proceso y que aplicará nuevas técnicas a la hora de elaborar el vino con el que remontarán las bodegas. En cuanto me concedan el préstamo que voy a solicitar, os pagaré lo que se os debe y estaremos a cero.

—¿No le parece mucho tiempo de espera, señorita? —preguntó un hombre alto y con barba.

—¿Tienes otra cosa mejor que hacer, Daniel? —preguntó Tomás—. Creo que rondas los cincuenta años y estás en paro. Deberías pensarlo.

Todos comenzaron a hablar de nuevo en voz alta.

—¡Escuchadme! —gritó Sara—. Sé lo que os estoy pidiendo: que trabajéis sin cobrar durante varios meses. No es una oferta muy tentadora, pero es la única que tengo.

—El tiempo pasará de todas maneras y —aseguró Tomás, esperando de corazón que Sara no se enfadara con él por tomar parte en la reunión—, si os quedáis, recuperareis todo. Si os vais, estas Navidades serán mucho más crudas de lo que fueron las del pasado año. Pensadlo y hacedlo bien.

—¿Qué garantías tenemos de que hará lo que dice y no se comportará al final como su hermano? Al fin y al cabo, es otra Villagalvés —comentó uno de los trabajadores.

Tomás estaba dispuesto a enumerarle, sin contemplaciones, la enorme diferencia que existía entre ambos hermanos, pero Sara se adelantó.

—Porque yo no soy mi hermano. Y porque haremos un contrato por escrito, en el que constará lo que ya se os debe más un diez por ciento de beneficio y se incluirá el tiempo que trabajéis en las bodegas a partir de ahora.

Sara vio a algunas personas mover la cabeza en señal de desacuerdo. Ya no sabía qué más decirles para convencerlos. Miró a Tomás, implorando ayuda.

—A mí sí que me conocéis bien —interrumpió Tomás—. Os puedo asegurar que he permanecido en este lugar, a pesar de los problemas, por mi familia. Ellos han vivido aquí toda su vida y no les hubiera sido fácil tomar la decisión de irse.

Tomás abandonó por unos minutos el lugar que ocupaba para acercarse a su gente. Colocó las manos sobre los hombros de dos compañeros, transmitiéndoles seguridad y confianza. En un tono más calmado les explicó:

—Cuando llegó la señorita Villagalvés y cogió las riendas de todo esto, les ha devuelto a mis padres la esperanza de continuar en su casa, con sus vidas. Yo voy a seguir aquí y podéis confiar en mí. Si por alguna razón presiento que ella no va a cumplir lo prometido, yo mismo os avisaré y os ayudaré a poner las demandas necesarias para que, como única responsable, nos devuelva el dinero que nos debe.

—¿Cuándo se firmarán esos contratos? —preguntó uno de los hombres.

Sara se acercó esperanzada al grupo de trabajadores que permanecían de pie, alrededor de Tomás. Varios hombres le hicieron hueco y caminó hacia el centro.

—Llamaré ahora mismo al notario y le pediré que realice los contratos de los veinte jornaleros que necesito. Mañana os avisaré para que vengáis a firmar.

—Aquí estamos más de veinte hombres —afirmó un joven.

—Supuse que no convencería a todo el mundo. Pero no me importaría contratar a alguno más. Si queréis, vais pasando de uno en uno por la mesa, diciéndome el nombre y los apellidos, por favor.

Al final, los veinticinco jornaleros que fueron a la reunión salieron contentos de las bodegas. Sara vio en algunas caras la ilusión de volver a trabajar y llevar dinero a casa, aunque para ello tuvieran que esperar un tiempo.

Cuando ya se habían marchado todos, Sara soltó el bolígrafo y observó la lista de nombres que había anotado en la libreta. Tomás se acercó por la espalda y le dio un fuerte abrazo. Después la hizo girar para mirarla de frente y la besó tan dulcemente que serenó los impulsos nerviosos de su cuerpo.

—Apunta tu primer tanto. Ganarás el partido cuando veas las nuevas botellas en las estanterías de los mejores restaurantes de España.

—Muchas gracias por tu apoyo, Tomás, sin ti no lo hubiera conseguido. Y en cuanto a lo de ver mi vino en las mejores estanterías... para eso queda mucho tiempo.

—Menos que ayer. Y no solo eso. Aunque te lleve meses, es una posibilidad, algo con lo que no contabas en el sillón de tu desordenado despacho en Londres.

—¡Mi despacho no estaba nunca desordenado! —le reprochó Sara, dándole una palmada en el hombro—. Nunca lo viste, ¿cómo puedes decir eso?

—Estaba de broma, ven aquí —le dijo Tomás con voz dulce para comenzar con uno de los mejores besos que se habían dado nunca.

—Me pasaría el día en tus brazos y en tu boca, pero tengo que irme.

—Tú te lo pierdes —dijo él, sonriendo.

—¿Qué vas a hacer ahora? —le preguntó Sara mientras lo seguía fuera del salón.

—Aquí nada. Iré a darme una ducha y... ¡Ah!, tengo que ir al pueblo, ¿quieres venir? Podríamos tomar algo, no sé...

—No te lo tomes a mal, Tomás. Prefiero que todavía no nos vean juntos, ¿de acuerdo? No quiero que piensen que te estoy utilizando para conseguir mis propósitos.

—¿Y no lo estás haciendo? —preguntó cogiéndola de nuevo por la cintura.

—Claro que no.

Volvieron a besarse y, después, Sara se dirigió al que ya consideraba su despacho y llamó al abogado para contarle lo que tenía que hacer.


Por fin, Sara había pasado una noche en la que pudo descansar de verdad. La alarma del móvil comenzó a sonar, advirtiéndole de que acababan de dar las seis y media de la mañana. Salió de la cama y se vistió con el chándal que había comprado antes de entrar en la residencia y unas buenas zapatillas de deporte. Estaba acostumbrada a correr cada mañana por las frías calles de Londres. Cuando hizo la maleta para volver a España, olvidó por completo su actividad física.

Correr por el campo mientras terminaba de amanecer para comenzar la jornada laboral era muy placentero. Realmente lo estaba disfrutando. Durante toda una hora, dejó la mente en blanco y saboreó, con todos sus sentidos, el aire puro y los diversos olores que le ofrecía un paisaje como el que se abría a sus pies. Era la mejor hora para estar al aire libre. Se escuchaba el despertar del día al mismo tiempo que el trajín de los madrugadores.

Cuando regresó a casa, se sentía otra persona. En esta ocasión pudo disfrutar también de la ducha, cosa que no había ocurrido los días anteriores, y bajó a desayunar, con un hambre voraz.

La jornada de la mañana iba a ser dura aunque también monótona. Había quedado con Henry en preparar el proyecto cuanto antes para presentárselo al señor Vargas, el banquero, y al abogado. El único ordenador con el que contaban era el portátil de Henry y, a media mañana, la batería se descargó por completo.

—Necesito ir al pueblo a por un cargador, olvidé el mío.

—De acuerdo. Ve y después continuaremos con el proyecto —dijo Sara mientras revisaba unos documentos.

No habían pasado más de cinco minutos desde que se fue Henry, cuando el móvil del inglés sonó.

—Ay, Henry. No olvidaste solo el cargador, también el móvil —murmuró Sara.

El aparato estaba debajo de varios papeles y en la pantalla aparecía un número desconocido. En un principio, Sara lo dejó sonar sin cogerlo, pero pensó que quizá fuera importante, así que tomó la llamada.

—¿Señor Henry Curty?

—Soy una amiga, dígame.

—Le informo que la maleta que usted reportó como perdida en el vuelo 246, procedente de Londres, del día veintiocho de agosto ha sido devuelta a objetos perdidos del aeropuerto de Madrid. Quedamos a la espera de cualquier reclamo.

—Muchas gracias, señorita. Se lo diré en cuanto vuelva.

Sara colgó la llamada y se quedó mirando la pantalla del móvil un rato. Recordó la información que le había dado la chica: el vuelo 246, procedente de Londres, del día veintiocho de agosto. Ese era el día que ella viajó, pero Henry llegó al día siguiente por la mañana.

«¿Dónde estuvo el día anterior? Y si viajó el mismo día que yo, ¿por qué no se vino conmigo?», se preguntó.

Trató de recordar bien la fecha. ¿No habría oído veintinueve en lugar de veintiocho? Con un movimiento de cabeza, trató de soltar los pensamientos sobre la llamada a Henry y continuó revisando la documentación que necesitaban para elaborar el proyecto.

Su amigo tardaba demasiado, y Sara sintió deseos de una copa de vino, un reserva, que era su favorito. Cuando regresó al despacho con su copa, sonó el timbre. María se encargó de abrir mientras Sara se volvía a sentar en el sillón de cuero negro. El señor Ignacio Vargas entró seguido de su secretario, el señor Ismael Guzmán. En esta ocasión, Sara no se sentía tan perdida. Sabía bien lo que quería. La situación había cambiado por completo y podía sentirlo en su interior. Era capaz de apostar por ello. Confiada en la idea del proyecto, les presentó un adelanto y los tenía casi comiendo de su mano cuando la puerta se abrió.

—Ha sido toda una odisea... —Henry se quedó perplejo ante la mirada de los visitantes.

—Hombre, amigo Henry. ¿Cuánto me alegro de volver a verlo? ¿Qué tal?

Ismael Guzmán se incorporó inmediatamente del asiento y fue a saludarlo demasiado eufórico. La cara de Henry expresaba asombro y trataba de ocultar emociones que, a su pesar, saltaban a la vista.

—¿Os conocéis? —preguntaron Sara y Vargas.

—No, bueno, sí... Ah... ayer fui al banco, a hablarle del proyecto, y... nos conocimos. ¿Verdad? —contestó Henry, sin dar más explicaciones.

A Sara no le había parecido sincero. Recordó el día que había entrado en el despacho, cuando Henry llegó de Londres y mantenía una conversación muy extraña con Chelo. A Sara le resultó raro que hablaran de una forma tan familiar. Después, estaba la llamada, con fechas contrarias a las que ella creía tener. Ahora resultaba que conocía casi íntimamente, por la forma de saludarlo, al señor Guzmán. Necesitaba pensar y hablar con alguien que parecía conocerlo bastante bien.

«Necesito hablar con Tomás», pensó.

Por la tarde, continuaron con el proyecto, aunque no adelantaron mucho. Sara había mostrado poca concentración en numerosas ocasiones, pero había sabido solucionarlo hablando de lo preocupada que estaba por Francisco. A eso de las nueve decidieron que la última parte la dejarían para el día siguiente, así estarían mucho más despejados.

## Capítulo 19

En medio del extenso patio de la entrada y cerca de la fuente que, desde hacía décadas, contenía peces de muy diversas especies, Francisco permanecía parado en su silla de ruedas, con la mirada perdida en los fértiles viñedos que poblaban las tierras hasta alcanzar el horizonte.

—¿Vas a ver anochecer? —preguntó con voz suave Sara.

—Eso le encantaba a ella.

—¿A Ana? —Sara sabía la respuesta, pero disfrutaba viendo las chispas que salían de sus ojos al mencionar su nombre.

—Sí.

—¿Veíais anochecer en el árbol gordo?

—Sí, el mismo sitio en el que te enamoraste de Tomás —respondió con una sonrisa burlona en los labios.

—A veces pienso que ojalá pudiera volver a aquellos años. Fueron los mejores de mi vida.

—¿A pesar del maltrato de Miguel?

—A veces hablas de mi madre y otras de Ana. Hay ocasiones en las que pareces reconocerme como tu pequeña lanzadera y otras que no. ¿Por qué no me dices la verdad? —

Sara tenía tanto miedo de tratar ese tema que en cuanto pronunció la última palabra se arrepintió de hacer la pregunta.

—Creía que seguías pensando que Miguel era tu padre. —Francisco le sujetó las manos con delicadeza—. No quería amargarte tus días aquí.

—No podrías amargármelos.

—Algunas veces me dices «tío».

—La verdad, no sé ni cómo llamarte.

—Soy tu padre y Ana era tu madre. Lo que pasó entre ambos es una historia de amor que debe escucharse desde el corazón para no juzgar a nadie, para no verlo como una traición. Ella no tuvo la culpa. No quiero que pienses mal.

—No lo haré. Cuéntame el resto de la historia, por favor. Me dijiste que mi madre estaba embarazada y se iba a casar con Miguel.

—Yo no tenía permiso para venir a casa, así que no pude impedirlo. Como Ana no me llegó a escribir para explicarme lo sucedido y no tenía otra manera de enterarme, decidí concentrarme en mis misiones y tratar de olvidarla. Nunca lo conseguí.

Comenzó a frotarse las manos, interrumpiendo su relato.

—Cuando me dieron el primer permiso, Raúl tendría unos catorce años. Vine a casa para ver a mis padres, que ya estaban muy mayores. Tenía las ideas muy claras: pasaría el tiempo con ellos y los ayudaría en lo que fuera posible, pero no mantendría la más mínima conversación con Ana. Estaba enfadado y mucho. Así me mantuve varios días, pero ella buscaba la forma de estar a solas conmigo.

»Una mañana, yo estaba cerca del árbol gordo cuando ella llegó. Trató desconsoladamente de hablarme y, aunque al principio me negaba, acabamos sentándonos bajo su sombra. Allí me contó que varios meses después de irme a la mili, Miguel... —Francisco miró a Sara con lágrimas en los ojos.

—¿Qué? No te pares, por favor.

—Abusó de ella y, al quedarse embarazada, no tuvo más remedio que aceptar la boda para no ser avergonzada por todo el mundo.

—No puede ser.

—La ira y la sed de venganza recorría mi cuerpo. Quería buscarlo y acabar con su vida, como él había acabado con la mía. No pensaba en otra cosa, pero ella no hacía más que insistir en que era mi hermano y que mis padres sufrirían mucho si nos hacíamos daño. Decidimos encontrarnos de noche bajo el árbol.

Durante unos segundos Francisco no dijo nada más. Sara respetó su silencio, quizá necesitaba acudir a sus recuerdos de forma más pausada.

—Necesitaba hablar de lo ocurrido —continuó narrando—, no que me contara los detalles sórdidos, aunque sí que me explicara sus sentimientos y temores. Aquella fue la primera noche que pasamos juntos. Yo deseaba consolarla y ella borrar de un plumazo años de soledad y abandono. Pero a los pocos días me llamaron del cuartel y tuve que irme a unas misiones urgentes que me mantuvieron lejos durante años.

Sara grababa en su cabeza cada una de las palabras de su padre y se imaginaba los hechos como si hubiera sido testigo de ellos.

—Cuando me dieron permiso para volver —prosiguió—, tú tenías cinco años. En cuanto te vi, me pareciste la niña más hermosa que había visto en toda mi vida. Te quise de inmediato y supe que siempre ocuparías mi corazón. Busqué durante días la forma de quedarme a solas con Ana para hablar de nuestro amor. Ella me rehuía.

»Hasta que una mañana la encontré sola en la cocina, la alejé de la puerta y en el rincón de la despensa le pregunté una sola cosa: «¿La pequeña Sara es hija mía?». Imaginaba que durante la noche de pasión que vivimos, pude haberla dejado embarazada y aquella hermosa niña que volaba como una lanzadera tendría mi sangre, o al menos eso quería pensar. Ella me miró con una expresión tan fría, que no hubiera hecho falta responder, aunque lo hizo, y fue muy rotunda con sus palabras...

—¿Qué te dijo? —preguntó intrigada Sara.

—Que la noche que pasamos juntos fue una grave equivocación y que nunca más volvería a ocurrir.

—Miguel la habría amenazado —adivinó Sara.

—Claro que la había amenazado y ella se calló por miedo. Siempre había alguien con ella y era más que imposible mantener ninguna conversación, ni corta ni larga. Tampoco ella quería hablarme, así que volví a mis misiones, pensando que su matrimonio estaba bien. Tenía dos hijos y me garantizaba que era feliz, creí verlos felices. Para el siguiente permiso tú rondabas ya los diez años.

Francisco la miró y con ternura le acarició la mejilla. Sara la sintió suave y cálida. ¿Cuántas veces había necesitado una caricia semejante?

—La rutina, los malos tratos y el desinterés de Miguel habían dañado seriamente la relación que había entre ellos y ya no eran capaces de fingir que todo marchaba bien. Yo contaba con un permiso muy breve y no tuve tiempo apenas de nada.

Sara observó en su padre una expresión de cansancio, no físico sino emocional.

—¿Quieres descansar un rato? Podemos seguir en otro momento, si quieres.

Francisco negó con la cabeza y Sara creyó ver un conocido brillo en sus ojos.

—Antes de marcharme, logré hablar con ella y le dije que necesitaba escribirle y ella aceptó siempre y cuando la dirección a la que enviara las cartas fuera la de la casa particular de María. Así pasaron casi cuatro años, en los que a mí me era imposible pedir permisos por encontrarme fuera del país. Nunca me contó en esas cartas lo que ocurrió entre Miguel y ella, solo me hablaba del amor que sentía por mí. Yo insistía y preguntaba, hasta que un día dejé de hacerlo y me acostumbré a recibir solo muestras de cariño, sin más reproches ni malas palabras.

Francisco se limpió la humedad de sus ojos con el puño de la camisa.

—Entonces me hirieron y volví a casa. Me sentía un inútil por necesitar siempre la silla de ruedas, pero ella se sentaba a mi lado y pasaba las horas sin mirar mis piernas. El amor que había resurgido en nuestras cartas se llenó de color, aunque tuviera que mostrar su esplendor solo a la sombra de este árbol gordo. Hasta que Miguel comenzó a perseguirnos de forma continua y no lográbamos encontrar un segundo para estar a solas. María nos ofreció su casa y fue nuestro refugio durante un buen tiempo.

—¿Todavía no te contaba mi madre lo que ocurrió?

—Jamás olvidaré aquel día. —Las lágrimas de Francisco no paraban de brotar—. Estábamos en la cama de María, acabábamos de amarnos, de la misma manera que lo habíamos hecho siempre. Nuestro amor era puro, limpio. Miguel no lo veía así. Tomamos la decisión de marcharnos al día siguiente contigo. Era imposible llevarnos a Raúl porque ya contaba con unos veinte años y era el vivo retrato de su padre. Sin embargo, tú... Ana no podía irse sin ti. Entonces me confesó que eras hija mía y que había tenido que ocultarlo porque Miguel la había amenazado con mataros a ambas si lo hacía.

Francisco se incorporó en la silla y sacó su cartera. Rebuscó entre varios papeles y extrajo uno bastante amarillento y desgastado. Era un trozo de hoja de libreta, a rayas, y, cuando lo desdobló, Sara pudo ver un dibujo similar al del árbol gordo.

—Mientras hablábamos —prosiguió Francisco—, Miguel se ocultaba detrás de la puerta, escuchando toda nuestra conversación y supongo que, cuando ya no aguantó más, entró. Los ojos le ardían de rabia y el cuerpo de Ana comenzó a temblar. Fue directo a por ella, la sacó a rastras de la cama, dándole golpes sin parar. Mis piernas me impedían defenderla como mi corazón hubiera querido.

La voz se le quebraba por momentos. Recordar aquellos hechos era tan duro o más que haberlos vivido.

—A voces le gritaba que la dejara en paz, sin que me hiciera el más mínimo caso. Le dio una soberana paliza delante de mí y yo no pude hacer nada por evitarlo. Casi la mata.

—No sabía nada de todo eso. —Sara lloraba, sin saber bien qué decirle para consolarlo, si es que había consuelo con una situación así.

—No llegué a hablar con ella. Miguel me sacó a rastras de la cama y me subió a mi silla. Sin decir una sola palabra, me encerró en mi habitación. Durante horas estuve aporreando la puerta, pidiendo que me dejaran salir y preguntando por ella. No sabía cómo estaba, si la habían socorrido, si estaba en el hospital o si seguía tirada en la habitación de María. Entonces entró Miguel y me golpeó la cara con un palo. Me gritó que, si no dejaba de hacer ruido, el próximo golpe te lo daría a ti.

»A los dos días, Manuel abrió la puerta y me sacó al pasillo. Con mucha precaución, me susurró que Ana estaba bien, que no debía preocuparme. También me dijo que te habían internado en un colegio de Madrid. No pude hacer nada, lo siento.

—No te preocupes.

—En la entrada de la casa, Miguel le entregó un cheque al doctor Gamboa por haber realizado un informe médico. Yo aún no sabía de qué se trataba. Sin dejar de mirarme, sonriendo descaradamente, Miguel firmó el documento y dejó un cheque encima de la mesa. Entonces, lo vi. La cantidad era desorbitada. Varios hombres vestidos de blanco entraron en la casa con una camilla y una camisa de fuerza. Desde entonces, no volví jamás a esta casa ni a ver a Ana.

—¿Y has pasado solo todo este tiempo?

—Bueno, Raúl fue una vez a hablar con el director del centro de salud mental y pasó a verme. Solo se burló de mi estado. Le pregunté por Ana, pero no te voy a repetir lo que me contestó.

—¿Miguel nunca fue a verte?

—No. Nunca. Solo el doctor Gamboa se pasaba de vez en cuando, supongo que para reportar información sobre cómo me encontraba. Mi único consuelo eran las cartas de María. No me escribía las veces que a mí me hubiera gustado, solo lo hacía de vez en cuando. Me daba mucho miedo que Miguel la descubriera a ella también.

—Has debido de vivir un tormento. Bueno, ahora es diferente. Ya no está Miguel para hacernos daño ni a ti ni a mí. Estamos juntos los dos y nos queda mucho tiempo para querernos como padre e hija.

Aquella noche, la cena estuvo menos entretenida que el día anterior. Francisco tenía la cabeza en otra parte, y Sara repetía en su mente una y otra vez la paliza que Miguel le dio a su madre. La pena que sentía en su interior se escapaba por sus ojos en forma de gotas de agua, queriendo sacar de ese modo el coraje y la rabia de una infancia dañada y marcada por los secretos familiares. En ese momento, lo único que podía hacer para no levantar sospechas era secar cada una de esas lágrimas que luchaban por salir.

No tardó mucho en despedirse de todos. Con una tristeza inmensa, subió uno a uno los peldaños de la escalera y entró en su habitación. Segundos más tarde, llegó Tomás. Ambos se sentaron en el suelo del balcón y Sara se acurrucó entre sus brazos, buscando consuelo. Durante un tiempo, disfrutaron de la visión extraordinaria del brillo de las estrellas y, después de un rato, se fueron a la cama. Hacer el amor con Tomás era la única forma de espantar los pensamientos, los miedos y las dudas. Únicamente aquellas sensuales y excitantes caricias construían a su alrededor una hermosa y protectora burbuja que le otorgaba seguridad.

Sara se despertó, sintiendo los brazos de su amado rodeándola con menos fuerza de la que deseaba.

—Abrázame.

—¿Más?

—Nunca llegarás a pagarme los abrazos que me debes —dijo Sara, melosa.

—Estuviste muy callada anoche.

—No podía hablar. Ya sé cómo ocurrieron las cosas entre mi verdadero padre y mi madre.

—¿Y?

—Su amor no fue tan feliz como el nuestro y el árbol gordo no consiguió protegerlos.

—No todas las historias son iguales. ¿Me lo quieres contar?

Sara no pudo evitar relatar la versión de Francisco, con un gran sentimiento de culpa.

## Capítulo 20

Sara trataba de evitar las lágrimas sin conseguirlo.

—Recuerdo haber visto a mi madre amoratada muchas veces, con un brazo roto y una extraña expresión de desconsuelo en la mirada. Me decía que se había caído por las escaleras, que se había tropezado o que se había clavado la manivela de la puerta. Yo no le contaba los maltratos que Miguel me causaba y ella tampoco. Ambas callábamos para no sufrir más de lo que ya lo hacíamos. Nunca hice nada, ¿entiendes? Si lo hubiera hecho... Si hubiera tenido agallas para... tal vez...

—Los actos de personas enfermas como Miguel no tienen vuelta atrás, como prácticamente nada en esta vida. No hubieras sido capaz de cambiar ni uno solo de los acontecimientos, créeme. Miguel estaba celoso de Francisco desde que eran niños.

Tomás se acomodó en la cama para abrazar con más fuerza al amor de su vida. Si dejar de mirarla le confesó:

—Mi padre me ha contado muchas cosas de ellos y así es como yo lo veo. Cuando llegó Ana, ambos se fijaron en ella y fue tu padre quien la enamoró. Seguro que Miguel nunca le perdonó eso a Ana. Se casó con ella, por dominio, no por amor. Lo que no sé es por qué lo aceptó y no esperó a Francisco.

—Porque abusó de ella y la dejó embarazada. Eran otros tiempos y se les daba mucha importancia a las habladurías de la gente. La vergüenza a ser señalada en público obligaba a las jóvenes embarazadas a tomar decisiones equivocadas.

—Eso lo explica todo. No sé cómo hay hombres que se conforman con un cariño robado.

—Yo tampoco —susurró Sara.

—Por eso me cae tan mal ese amigo tuyo, Henry. Presiente que amas a otro y, aun así, continúa insistiendo.

—Estoy empezando a pensar que no es trigo limpio. —Sara le contó las extrañas situaciones con las que se había encontrado últimamente.

—Bueno, piensa en lo afortunada que eres ahora y que lo serás en tu futuro.

—¿Afortunada?

Tomás apretó con fuerza a Sara entre sus musculosos brazos y con voz tierna le dijo:

—Por supuesto que lo eres. Verás, reflexiona sobre esto: fue un lunes por la mañana cuando recibiste el correo de mi madre contándote lo de Raúl.

—Así es.

—Bien. Son las siete de la mañana del lunes seis de agosto y estás bajo la ducha, sola, a escasos minutos de ir a trabajar a un lugar que te gusta, pero que no favorece tus raíces ni te hace crecer como persona en el sentido que te mereces. ¿Vas bien?

—Muy bien —sonrió Sara.

—Compara a esa pobre muchacha con la que tengo ahora entre mis brazos —Tomás le dio un apretón tierno—. Volvió a su hogar, a encontrarse con la gente que la quiere, heredó las tierras que la habían visto crecer y olió el perfume del campo; se reencontró con el amor de su vida y él la convenció de luchar por reconstruir el prestigio de las bodegas Villagalvés; conoció su verdadera historia familiar y trajo de vuelta a casa a su padre, que la quiere con toda su alma; además, tiene la capacidad suficiente para elaborar un proyecto vinícola con uno de los mejores enólogos del extranjero, aunque yo no lo soporte. —Sonrió—. Y encuentra la pasión cada noche en la piel de su amado. ¿Se le puede pedir más a la vida?

—Hombre, visto así.

—Así es como tienes que verlo, mi amor. —Tomás la besó con tanta pasión que Sara sintió deseos de fundirse con él.

Tomás se había enamorado de una mujer fuerte y luchadora, que había sufrido demasiados momentos de soledad y abandono es su vida. El principal objetivo que tenía en mente era hacerle ver exactamente lo mismo que veía él; quitarle los complejos de culpa, el miedo al fracaso y convencerla de dejarse amar por aquellos que la querían.

La mañana llegó con unas temperaturas muy frescas para ser agosto. Sara decidió salir a correr de nuevo y llenar los pulmones de aire limpio. Bajando las escaleras, vio a Henry salir de la habitación de Chelo mientras se abrochaba el último botón de la camisa.

—Llevas la misma ropa que ayer, ¿y sales de la habitación de mi cuñada?

Henry se puso colorado y no pronunció palabra.

—Así me gusta —sonrió Sara con ironía—. Prefiero que calles a que sueltes una mentira. Me voy a correr.

—Sara, no es lo que imaginas, yo...

La puerta principal se cerró con un portazo. Sara lo había dejado con la palabra en la boca. Salió al camino que conducía a la salida de las bodegas y respiró aire puro. Desde que dio el primer paso de la ruta, supo que no dejaría libre la mente. Ver a Henry salir de la habitación de Chelo demostraba que había una relación estrecha entre ellos y que las sospechas de Tomás eran ciertas. Lo que no llegaba a entender era por qué seguía coqueteando con ella e insinuando a cada rato sus intereses personales, si mantenía una relación en secreto con su cuñada.

«Cuidado también con Chelo», pensó. Acababa de perder a su marido y ya está pensando en otro hombre y todo a escondidas.

—Basta —gritó. Había hablado en voz alta de forma inconsciente y miró a ambos lados del camino para comprobar si alguien la había escuchado. Estaba sola.

Interrumpió los pensamientos negativos sobre Henry y Chelo para concentrarse en su padre. Había llegado la hora de acostumbrarse a decirle papá, lo deseaba de corazón. Miraba el recuerdo de su madre de forma muy diferente: ya no era una mujer sumisa que aceptaba vivir bajo el mando de su marido. Ahora podía entender su manera de actuar. Casarse con alguien que abusó de ella siendo muy joven no debió de ser fácil, ni tampoco tratar de vivir sin el amor verdadero. Además, durante los permisos de Francisco, ambos hermanos dormían bajo el mismo techo, incluso Sara, una niña que aún necesitaba de la protección de su madre. ¡Cuánto le gustaría tenerla a su lado para hablar de aquello!

Sara recordó la conversación que tuvo con su madre el día de una de sus supuestas caídas por las escaleras:

—Prométeme una cosa —le había dicho su madre—. Procura estar siempre rodeada de gente, ¿vale? No te quedes nunca sola.

—¿Por qué, mamá?

—Mira lo que me ha pasado a mí. No te quedes nunca sola —le repitió—. Hazlo por mí.

—De acuerdo.

Ahora creía entender que lo que su madre pretendía era que Miguel no se quedara nunca a solas con ella para que no pudiera hacerle daño. Al día siguiente, durante la comida, Miguel había interrumpido el silencio que reinaba en la sala.

—Prepara tus cosas para irte al internado de Madrid.

—¿Cómo que a un internado, mami? ¿Por qué? ¿No puedo seguir estudiando aquí? —había preguntado la pequeña Sara, sintiendo un nudo en la garganta.

—¡Lo he decidido yo y punto! —había gritado de pronto Miguel. Sin terminar de comer, se levantó y salió.

—¿No puedo seguir aquí? ¿Papá? —Sara lo estuvo llamando varias veces, pero él no volvió a dirigirle la palabra. Nunca le explicó nada más. Recordó cómo María la había sujetado con cariño por el brazo y la había ayudado a subir a su habitación, entre sollozos.

«¿Cómo una niña tan pequeña podía entender una reacción tan desmesurada como aquella?», pensó.

Ana había seguido dolorida y aún no pudo salir de la cama. Ahora que Sara sabía la verdad, entendía que su madre no había estado ni física ni psíquicamente preparada para enfrentarse a Miguel e impedir que su niña se marchara.

Mientras María terminaba de hacer la maleta, Sara había corrido hacia las bodegas, buscando con desesperación a Tomás. Lo había encontrado solo, entre las cepas de la parte norte, y allí mismo le contó lo que su padre quería hacer con ella y el poco tiempo que tenía. Las palabras le salieron entrecortadas y las lágrimas brotaron descontroladas.

—Antes de que eso ocurra, nos escaparemos juntos y viviremos lejos de este sufrimiento —había contestado Tomas, infundiéndole tranquilidad.

—Mi madre se quedará sola...

—No puedes hacer nada de momento, pero te prometo que, en cuanto pase un tiempo y esté repuesta, volveremos a por ella.

Sara detuvo su carrera y trató de coger aliento. Estaba agotada. Los recuerdos no le permitían concentrarse en la respiración y no se encontraba al cien por cien. Comenzó a llorar de manera desconsolada. Desde que tenía uso de razón, había visto diferencias de trato entre su hermano Raúl y ella. Se había engañado con la idea de que Miguel tenía predilección por los niños y no tanto por las niñas. Cuando la ingresó en el internado, se animaba pensando que él quería lo mejor para ella. Pero había llegado el momento de asumir que Miguel se había deshecho de ella porque le recordaba día tras día la traición de su hermano y de su esposa. Seguro que, si Sara hubiera crecido con su verdadero padre, su vida hubiera sido muy diferente.

Después de aceptar la decisión de escapar con Tomás, Sara había vuelto a casa, algo más tranquila. En unas horas se iría con el amor de su vida y Miguel no podría llevar a cabo sus planes de internarla. Entonces, ocurrió lo del beso de Tomás con Maite y su ausencia en el árbol gordo cuando había llegado la hora de marcharse juntos.

Buscando su fuerza interior, Sara se ordenó a sí misma continuar con la carrera y dejar de pensar en el pasado. Tomás tenía razón: era muy afortunada y le esperaba un futuro prometedor. Cuando se ha sufrido tanto y te sientes tan abajo, lo único que queda es subir, subir cuanto más alto mejor, hasta llegar a la superficie; llenar los pulmones de aire nuevo y salir de la situación que te mantenía atrapada.

Al llegar a casa, vio movimiento de gente a la sombra del porche de la entrada. María y Manuel preparaban el desayuno al aire libre y la compañía era inmejorable. Los únicos que faltaban eran Henry y Chelo. Sara se sentó y consiguió relajarse lo suficiente como para que pasaran casi dos horas hablando de todo y de nada a la vez. Durante ese tiempo, olvidó su malestar, la forma en que los recuerdos la atormentaban y lo diferente que hubiera podido ser su vida. Al terminar, Francisco le dijo, ilusionado, que iba a dar un paseo por los viñedos con Manuel.

—¡Qué bien, papá! Disfruta.

—Me has llamado «papá».

—Bueno, eso es lo que eres, ¿no? —Sara le dio un beso en la frente, cogió una galleta y caminó hacia la puerta principal.

## Capítulo 21

Cuando Sara entró en el despacho, Henry estaba allí, revisando el proyecto.

—Hola, *honey*. Escucha, de hoy no pasa que te diga algo muy importante.

—Tendrá que esperar. Tenemos que hablar, Henry —dijo Sara.

—Mira, si lo que quieres sabes es por qué salía esta mañana de...

—¿Qué hay entre Chelo y tú?

—Nada. Yo solo quería saber cómo estaba. Ayer pasó muy mal día pensando en lo de la comisaría. Lo único que quería era animarla.

—Demasiado temprano, ¿no te parece?

—Llamé a la puerta y me abrió. Estaba ya despierta.

—Ayer te llamaron del aeropuerto.

—Ah, será por la maleta que me extraviaron. Por eso tuve que ir a comprar el cargador del portátil. El mío estaba dentro.

—Me hablaron del vuelo 246 procedente de Londres del día veintiocho de agosto.

—¿Qué te dijeron?

—Nada importante. Según dicen, viajaste el mismo día que yo.

—No es cierto. Fue al día siguiente. Debieron confundir las fechas.

—Eso pensé yo. Pero luego me extrañó aún más la familiaridad con la que te saludó el señor Guzmán, el secretario del banco.

—Sara, ¿esto es un interrogatorio? Me siento abrumado con tanta pregunta.

—Tienes razón. Es tu vida y no tengo derecho a meterme en ella. ¿Terminamos de revisar el proyecto?

—Claro.

Henry había abierto la boca para darle las explicaciones pertinentes, pero no dijo palabra alguna.

Sara se incorporó dispuesta a recoger toda la documentación que habían estudiado para elaborar el proyecto y que se encontraba esparcida por su escritorio. Se mantenía en silencio mientras veía de reojo a Henry sentado frente a ella, sin pronunciar palabra.

«¿Qué le costará ser sincero y decirme la verdad?», se preguntó Sara, sintiendo un poco de remordimiento por pensar tan mal de él. En el fondo le tenía tanto aprecio que una parte de ella se negaba a creer que le estuviera mintiendo.

Cuando tenía la superficie de la mesa en orden, abrió el cajón de uno de los archivos para introducir en él los papeles que mantenía en el regazo, pero algo llamó su atención. Bajo una pila de documentos de Raúl podía verse la esquina de una carpeta azul.

«Un día de estos debo revisar los cajones y tirar lo que sea basura», pensó.

Volvió a colocar sus documentos sobre la mesa y sacó el contenido del cajón.

—¿Me vas a necesitar para algo? —preguntó Henry al verla concentrada en sus quehaceres.

—¿Tienes algo importante que hacer?

—No.

Sara volvió a guardar silencio y, con curiosidad, hojeó los documentos que contenía la carpeta azul. Entre ellos, uno le resultó muy extraño.

—Ahora mismo vuelvo —comentó Sara, levantándose del asiento.

—¿A dónde vas? —Henry no obtuvo respuesta.

Sara entró en la habitación de Francisco.

—Papá, he encontrado esta carpeta entre los papeles de Raúl. Se trata de tu testamento. ¿Sabes algo de esto?

—Un día vino a verme el director del centro de salud mental. Me dijo que era conveniente que firmara un documento que Raúl iba a llevarle en unos días. De no hacerlo, tú no podrías seguir estudiando.

—¿De qué documento se trataba?

—Era mi testamento, dejando como único beneficiario a mi hermano Miguel. Él se quedaría con mi patrimonio.

—¿Por qué lo firmaste?

—En la primera carta que María me envió, me comentaba que Miguel te había internado en un colegio privado y que lo había escuchado decir, por teléfono, que lo pagaría con el dinero de mi cuenta, falsificando mi firma. Mandarte a ese centro fue su manera de deshacerse de ti.

—Lo sé.

—Yo sabía que en cuanto cumplieras los dieciocho años, se desentendería de ti y quedarías desprotegida. Así que convencí a una enfermera de que me dejara su móvil para llamar a mi abogado. Enseguida vino a verme y estudiamos las formas legales que existían para ayudarte. Abrimos una cuenta con dinero suficiente para que terminaras el instituto y pudieras realizar tus estudios en la universidad que eligieras.

Francisco cogió el testamento y lo abrió.

—Voy a tener que graduarme la vista —dijo acercándose el documento a escasos centímetros de los ojos. Revisó por encima los papeles que contenía y se los volvió a entregar a su hija.

—El abogado me prometió redactar un testamento a tu favor, pero no le dio tiempo a prepararlo. El día que vino Raúl traía un testamento hecho a su conveniencia o a la de Miguel, no lo sé, en el que aparecía él como beneficiario. Tuve que firmarlo porque me amenazaron con hacerte daño.

—No te preocupes por eso. Quiero que sepas que el dinero que me dejaste me ayudó a conseguir todo lo que me propuse. Gracias a ti, me convertí en lo que ahora soy.

—No, cariño. El esfuerzo salió de ti, yo solo fui el medio para lograrlo —dijo Francisco mirándola con ternura.

—Ya. —Sara parecía absorta en sus pensamientos.

—Te hubiera dejado todo, si el canalla de mi abogado no se hubiera dejado comprar por Raúl.

—Entonces, si Raúl pudo disponer de una buena parte de tu fortuna, ¿qué hizo para gastarse la de su padre y la tuya en tan poco tiempo?

—Eso no lo sé, cariño. Pero tal vez, viendo a Chelo, el gusto por el juego y el vicio que contrajo, no es difícil pensar cómo ocurrió. Por cierto, hablando de ella...

—¿Qué?

—No te fíes ni de ella ni de él.

—¿De quién?

—Del inglés. Están liados.

—¿Tú también lo crees? No te preocupes. De todas formas, hay algo más que no me cuadra. Si Miguel me tenía tanto odio, seguro que le contó todo a Raúl para que compartiera sus sentimientos. En vida, intentaron echarme para siempre de estas tierras. Lo más normal es que hubieran movido cielo y tierra para modificar el testamento e impedir que me beneficiara a mí. ¿Por qué Raúl no hizo nada? Aquí hay gato encerrado.

—A alguien le interesaba que tuvieras estas bodegas. Tienes que averiguar a quién. Piensa en alguien que haya hecho todo lo posible por quitarte de la cabeza la venta.

—Pues... me han tratado de convencer Henry y...

—¿Quién más?

—Tomás. Los dos siempre me han aconsejado que luche por ellas y las saque adelante.

—Seguro que hay algo detrás de sus intenciones —aclaró Francisco.

—¿Qué interés puede tener Tomás en que me las quede? ¿Y Henry? Por otra parte, quedarme con las tierras supone un sacrificio y pasar un tiempo sin liquidez. No van a conseguir nada.

—A corto plazo.

—¿No sería más fácil convencerme de que consiga dinero gracias a la venta?

—Pero si vendes, ninguno de los dos podría acceder a tu dinero. Piénsalo, cariño.

Sara volvió al despacho. Henry ya no estaba, y agradeció la soledad. No dejaba de darle vueltas a lo que había hablado con su padre.

«Interés personal en las bodegas Villagalvés. ¡Menudo titular!», pensó su lado de periodista. «Ahora tendré que averiguar qué intereses personales mueve el testamento de mi hermano».

Chelo quedaba descartada, pues ella no conseguiría beneficios de ninguna manera. Henry parecía tener varias cosas que ocultar y no le caía bien a mucha gente; viajó el mismo día que ella sin decírselo y se esperó al día siguiente para aparecer, conocía ciertos detalles familiares sin tener por qué y parecía tener un trato cercano con el señor Guzmán, secretario del banco.

«Si vivía en Londres, ¿cómo podía estar tan al tanto de los asuntos de las bodegas?», se preguntó.

Tomás. Sara simplemente se negaba a pensar en él como posible culpable de todo.

El abogado ya estaba jubilado y había recibido mucho dinero con el testamento. El médico también se había forrado redactando el informe. Ignacio Vargas, el banquero, no tenía ningún control sobre las bodegas, solo quería su dinero, así que descartado también.

Volvió a Tomás. Algo le decía que debía pensar bien las cosas. Desde que llegó a casa, él había tratado de convencerla de que no vendiera. Se ofreció varias veces a ayudarla con todo lo necesario. La había motivado con sus frases halagadoras y, además, tenía interés personal. Una vez le dijo que habían aguantado en las bodegas todo el tiempo, sin cobrar, por lealtad a la familia y porque la casa donde había crecido, la casa de los almendros, había sido el hogar de sus padres durante más de treinta años. Si él abandonaba el trabajo o lo despedían, causaría un sufrimiento a sus padres. Pero ¿quién aguanta tanto tiempo trabajando diariamente, sin cobrar? Solo alguien que tenía un propósito mayor.

«Si yo heredo todo, él podría volver a ilusionarme, plantearme un futuro romántico con hijos correteando por los viñedos. Intentaría convencerme con sus galanterías. Si nos casamos, se convertiría en dueño y señor de aquello. ¿Merecía o no la pena aguantar unos años para beneficiarse toda una vida?», pensó.

Se levantó y miró por la ventana. Aquel paisaje la tranquilizaba y le despejaba la mente.

«No puedes hacerme esto», susurró para sí misma.

Tomás era lo único bueno que había encontrado desde que llegó, hasta que supo que su padre estaba vivo. Había vuelto a abrir su corazón, que se había mantenido oculto durante décadas. No solo por creer que había perdido al amor de su vida, sino por la soledad y el abandono que había sufrido durante años por parte de su familia.

Las lágrimas rodaban por sus mejillas sin control alguno. Decidió pasar la tarde a solas, pensando, estudiando una a una a cada persona que se encontraba a su alrededor. Subió a su habitación y se echó en la cama. Sin darse cuenta, se quedó dormida hasta que María la avisó para cenar. No tenía apetito. La cabeza seguía divagando incluso delante de la comida.

Frente a ella estaba sentado Henry y en la esquina derecha, Tomás. Cada vez que miraba a uno de ellos, tenía la sensación de estar sentada frente al traidor que quería doblegarla de la misma manera que hicieron con su madre. No pudo más y decidió marcharse.

—Estoy cansada. Buenas noches.

Tomás dejó la servilleta sobre la mesa y la siguió.

—¡Sara! —la llamó—. ¿Todo bien?

—Sí, ¿por? —No estaba preparada para dar ningún tipo de explicaciones.

—No sé, no has hablado durante la cena. Te veo nerviosa, pensativa.

—Estoy cansada, me voy a dormir.

Tomás la cogió de la mano en cuanto ella se dio la vuelta para marcharse. Sara le miró la mano y lo retó con una mirada fija que causó frío en el corazón de Tomás.

—No vayas esta noche —le espetó.

Tomás la observó marcharse sin comentar nada más. No sabía qué pensar, pero tenía la sensación de que algo no iba bien.

Recostada sobre el respaldo de su cama, Sara sacó su diario y escribió:

A mi alma:

Tantas veces he sufrido rechazos, que estoy acostumbrada.

*A eso no se acostumbra nadie. Siempre duele.*

Duelen más las sospechas.

*Pues aclara tus dudas. Habla con los dos y averigua quién te está mintiendo.*

¿Crees que me lo dirán así, a la cara?

*Puedes ver sus reacciones y analizarlas. Seguro que alguno comete un error o varios.*

¿Quién crees que puede ser? ¿Tomás o Henry?

*Si es Tomás, sufrirá el amor. Si es Henry, la amistad. Averigua.*

A la mañana siguiente, Sara se sentía diferente. Durante la noche había tenido una idea. Su duda estaba entre los dos hombres que la rondaban. Si descartaba a uno, tendría la respuesta a todas las preguntas que le inundaban la cabeza. Decidió comenzar por Henry, que en teoría supondría un dolor menor. Una de las situaciones que más le chocaba era la familiaridad con la que lo saludó el señor Guzmán. Iría a verlo y le pediría explicaciones. Dependiendo del resultado de aquel enfrentamiento, actuaría de una manera o de otra.

En el fondo, rezaba porque el culpable de todo fuera Henry. Sentía que, de alguna manera, su pérdida dolería menos que la de Tomás; a él se lo había entregado todo: su amor, su corazón enamorado de niña, su necesidad de ser amada, su ilusión de futuro... Con Henry solo tenía un proyecto vinícola en común, varios años de amistad y alguna que otra noche de copas en Londres.

## Capítulo 22

Sara estaba a punto de subir al todoterreno cuando Tomás la detuvo. Le ofreció la mejor de sus sonrisas, esperando una respuesta mejor que la de la noche anterior.

—Buenos días. ¿Has dormido bien?

—Muy bien.

—Y el proyecto, ¿qué tal va? ¿Terminado?

—Tienes mucho interés en el proyecto, ¿no? —preguntó Sara, deseosa de una respuesta imprudente que le confesara la verdad.

—Bueno, ah... igual que tú, supongo.

Ella trató de subir al coche.

—¿Ocurre algo, Sara? Anoche te eché mucho de menos —dijo con voz sensual.

—No pasa nada —contestó tajante. Conocía a Tomás, o al menos eso pensaba hasta el día de ayer. Si tenía planes personales, no se los iba a contar en ese momento.

—Tengo la sensación de que algo va mal. No he podido dormir en toda la noche.

—Pues no debe de ser muy productivo trabajar sin haber descansado.

Ambos mantuvieron la mirada fija durante unos segundos. La química que los envolvía siempre parecía disiparse con el viento. Sara cerró la puerta del coche y se marchó. Mientras no supiera la verdad, no bajaría la guardia con ninguno de los dos. Cuando era pequeña, no había tenido ni herramientas ni recursos para defenderse. Ahora sí. Era adulta, había superado sola muchos momentos de soledad, abandono y desilusión, sin recibir ayuda de nadie. Había evitado las amistades porque se sentía inepta, inútil. En el internado, las chicas de la habitación jugaban a menudo a contar los secretos más íntimos. ¿Cómo podría ella contar que su padre la maltrataba, que la internó allí para apartarla de su casa, que Tomás la dejó por otra y que su madre había sido incapaz de mover un solo dedo por ella? Imposible. Si ya la hacían a un lado por considerarla rara, no quería ni pensar en lo que ocurriría si les decía que los más cercanos la odiaban.

Sara aparcó en la misma acera del banco y caminó hacia la puerta de entrada. La gente hacía cola en la fila de la caja principal. A la izquierda, se encontraban dos escritorios, uno de ellos vacío. El señor Guzmán levantó la vista del ordenador y la vio de pie, como si quisiera hablar con alguien. En cuanto sus miradas se cruzaron, supo que lo buscaba a él.

—Señorita Villagalvés, buenos días.

—Buenos días, señor Guzmán. Necesito hablar con usted. ¿Tiene un momento?

—Claro, siéntese. ¿Puedo invitarla a un café?

—No, gracias. No tengo mucho tiempo.

—Bien, ¿en que puedo ayudarla, entonces? ¿Necesita algún documento?

—No vengo a hablar de las bodegas, sino del señor Henry Curty.

La expresión del secretario cambió de repente. En silencio, abrió un cajón de la mesa, sacó una botella pequeña de agua y dio varios sorbos.

—¿Tal vez un poco de agua? —preguntó tratando de desviar la atención.

—No, gracias. El sábado, cuando estuvo en mi casa, saludó al señor Henry de una forma muy familiar. ¿De qué lo conoce?

Sara estuvo a punto de añadir «y no me mienta porque si no...», pero cambió de opinión. Le interesaba saber si sería capaz de engañarla o no.

—Bueno, pues... Ya lo dijo el... —carraspeó— el señor Henry. Nos habíamos visto antes aquí mismo, en el banco.

—Discúlpeme, señor, no le creo.

—Señorita Villagalvés, me va a disculpar. No creo que este sea el lugar idóneo para tratar asuntos personales. Si lo desea podemos vernos...

—Ese día no dije nada porque estaba el director del banco y no quería buscarle problemas —lo interrumpió Sara—. Henry no vino aquí el día anterior. Y tampoco creo que usted salude con tanta efusividad a los clientes que conoce del día anterior. Si prefiere que hable de este asunto con su jefe, dígalo y terminaremos antes. —Sara cogió su bolso, dispuesta a cumplir su amenaza.

—Espere un momento, señorita. Escuche, nos hemos visto otras veces en el pueblo y hemos charlado, eso es todo.

—¿Cuándo?

—No sé, varias veces en lo que va de año.

—Disculpe. Henry vive en Londres y trabaja en la misma redacción que yo.

—Y viaja mucho, ¿verdad? Al menos, eso es lo que nos dice.

—Bueno, sí, para escribir sus artículos, pero de ahí a que busque amistades por esta zona...

—Usted no sabe nada sobre él. Está más acostumbrado a este lugar que usted misma, créame.

—Está bien. Ha dicho que charlaban, ¿sobre qué?

—Cosas triviales, no sé... —Se rascaba el cuello, le apretaba la corbata y comenzaba a sudar como si llevara una hora corriendo. Sara no volvió a sentarse.

—Aún no le creo. Esfuércese un poco más, señor Guzmán.

—Está bien, se lo contaré. Pero, por favor, no le diga nada a mi jefe o me despedirá en cuanto lo sepa.

—En cuanto sepa, ¿qué?

—Que juego a timbas de póker.

—¿Y eso qué tiene que ver con Henry?

—Él también juega. Nos hemos reunido varias veces en la misma mesa. Es muy bueno, el condenado. También jugábamos con su hermano Raúl.

Al escuchar eso, Sara se sentó. Presentía que la conversación iba a tener un matiz sorprendente.

—¿Qué tenía que ver él con mi hermano?

—Le prestaba dinero. Una noche, Raúl le debía demasiado. Yo estaba ilusionado porque llevaba un trío de ases y podría remontar fácilmente con aquella jugada, si ellos no llegaban a mi nivel. Pero su hermano seguía apostando y le pidió ayuda a Henry, casi llorando. El inglés tuvo que pararle los pies, o era capaz de jugarse hasta su alma. Entonces, hizo algo que no comprendí muy bien.

—¿El qué?

—De buenas a primeras le perdonó a Raúl la enorme deuda a cambio de una firma.

—¿Qué firma?

—Su hermano ya se encontraba muy mal por culpa de la bebida y su médico le había dado un par de meses de vida. A parecer, la única beneficiaria de su testamento era su esposa, la señora Chelo, y Henry le ofreció olvidar la deuda a cambio de hacer un testamento a favor de usted, dejándola como beneficiaria de todo.

Sara se había quedado sin palabras. ¿De qué estaba hablando ese hombre? Sabía que a Henry le encantaba viajar a España y aprovechaba cualquier oportunidad que tenía, pero en sus escapadas hacía algo más que documentarse para sus artículos. Conoció a su hermano antes de que la enfermedad lo postrara en una cama, lo animaba a jugar prestándole dinero y, para colmo, era el causante de que ella hubiera heredado las bodegas, todo por salvar una timba de póker.

—Raúl no quiso, en un principio. Le dijo que, si lo hacía, su padre no se lo perdonaría nunca —prosiguió el secretario—. Repitió las palabras del señor Miguel: «Una mujer no es capaz de llevar unas bodegas tan importantes como aquellas». Recuerdo que entonces, el señor Henry le gritó: «No eres más que un cobarde. No tienes pantalones para sacar adelante tus tierras y desprestigias a tu hermana. Ella es cien veces mejor que tú y te lo voy a demostrar».

—¿Qué hizo Raúl? —preguntó Sara.

—El inglés quiso marcharse, pero él lo detuvo. Le dijo que aceptaba firmar y le rogó que le diera el dinero que necesitaba para seguir jugado.

—¿Henry se lo dio?

—Por supuesto —aseguró Guzmán—. Aunque dijo algo que me sorprendió.

—¿Qué?

—Raúl volvió a insinuarle que usted no sabría y él le contestó que sería él quien se encargaría de llevar las bodegas a lo más alto, después de hacerla su esposa. Su hermano pagó lo que debía y se fue. Después de eso ya no volví a verlo más —aclaró—. Al que sí vi fue a Henry. Un día regresé a casa tras la jornada laboral y mi mujer llevaba puesto en el cuello un collar de esmeraldas carísimo. Me dijo que se lo había regalado Henry porque era un buen amigo mío y me apreciaba mucho. A los pocos días, se presentó aquí, en las oficinas, y con voz amenazante me dijo: «Si no quieres que todos se enteren de lo que haces los jueves por la noche, deja que tu mujer disfrute de su hermoso collar y cierra la boca, ¿de acuerdo? Jamás escuchaste nada sobre firmas, herencias ni bodegas».

Ismael volvió a beber un par de sorbos de agua.

—Mi mujer lo sabe todo y me está ayudando. Hace casi un año que no juego. El sábado me puse nervioso cuando lo vi. No sabía si saludarlo como conocido o fingir que no lo había visto jamás. Supongo que ahora todo el mundo lo sabrá, pero ya no me importa. Mi mujer me quiere y seguirá ayudándome.

—Hace bien, señor Guzmán. Gracias por la información. Por mi parte, no lo sabrá nadie, se lo prometo.

Sara salió del banco casi sin respiración y tuvo que pararse en la puerta para llenar los pulmones. No era Tomás. No era él. Miró al cielo y, en silencio, agradeció que el amor de su vida fuera tan sincero como ella sentía que lo era. Con rapidez, subió al coche y volvió a casa. Aparcó cerca de la fuente y frente a ella se encontraba Tomás, hablando con dos hombres. Echó a correr tan rápido como pudo mientras veía cómo su amado volvía la cabeza para saber qué ocurría. El cuerpo de Sara se estrelló contra su pecho, y comenzó a besarlo frenéticamente, separando los labios de vez en cuando para decirle que lo amaba.

—Yo también te amo —susurró él, orgulloso de sentir la felicidad de su amada.

—Eres el amor de mi vida.

—No sé qué te pasa últimamente, pero no vas a poder seguir ocultando que hay algo entre nosotros. Nos están mirando.

—No me importa. Te amo. —Sara le dio otro beso y entró en la casa. Allí encontró a María limpiando el polvo de la entrada.

—Ve pensando en alguien que conozcas y que sea responsable para limpiar la casa. Tenemos que contratarla para que haga este trabajo por ti.

—Gracias, lucero. La verdad es que me canso más que antes, pero no estamos ahora para mucho despilfarro.

—No te preocupes por eso ahora. ¡Ah, otra cosa! Encuentra a Henry y dile que lo espero en el despacho, por favor. Cuando entre, quédate escuchando la conversación detrás de la puerta. No quiero quedarme sola.

—¿De qué tienes miedo?

—No es por miedo, sino por precaución. No permitiré que otro hombre maneje la vida de ninguna mujer de esta casa.

Sara estaba nerviosa. Tenía claro lo que quería decirle a Henry, aunque no sabía cómo hacerlo. ¿Acaso le importaba su reacción? ¿Le dolía que se fuera? ¿Que dejara de ser su amigo?

Jamás había sido su amigo. Lo único que le motivó a acercarse a ella fueron las bodegas y el dinero.

—¡Sara! ¡Estás aquí! Quiero enseñarte algo —dijo Henry mostrándole un documento mientras cruzaba el despacho y se sentaba—. Acabo de imprimir la respuesta del señor Ignacio Vargas. Ha recibido el proyecto y le parece genial. Iba a reunirse con los demás para analizarlo detenidamente.

—Vaya, te has dado mucha prisa. Ni siquiera me ha dado tiempo a revisarlo.

—Cuanto antes se pongan con él, mejor, y bueno, ya lo habías leído, ¿no?

—Sí... —Sara creyó ver por primera vez una mirada de falsedad en los ojos de Henry.

—¿Había algo que desearas cambiar?

Sara lo observaba como si fuese un desconocido. Por supuesto que le hubiese gustado averiguar si quería cambiar algo, pero ya era tarde, o no.

—¿Qué te ocurre? —preguntó, preocupado—. Te noto extraña. ¿Estás bien?

—¿Pensabas casarte conmigo? —Henry no pudo ocultar la expresión de sorpresa de su rostro.

—¿Cómo lo has sabido? No llegué a proponértelo.

—Eso no importa. ¿Ibas a hacerlo?

—Bueno, sí, claro. Solo estaba esperando el mejor momento para pedírtelo.

—¿Y Chelo?

—¿Qué pasa con ella?

—¿La ibas a mantener como tu amante en esta casa?

—¿Mi amante? ¿Qué te ocurre, Sara? ¿A qué viene este interrogatorio de nuevo?

Henry tenía razón. Esa no era la mejor manera de tratar ese asunto. No sabía muy bien por qué había empezado por ahí.

—¿Qué pasaría si el proyecto vinícola no lo llevaras tú? ¿Habría que cambiarlo? ¿O podría hacerlo cualquier otro enólogo?

—¿Acaso no quieres seguir contando con mi ayuda? Porque si es así...

—Quiero que te marches. Voy a ser más clara de lo que he sido hasta ahora. Chantajeaste a mi hermano en una timba de póker para que fuera yo la beneficiaria de su testamento. Tenías pensado casarte conmigo para manejar las bodegas a tu antojo y pretendes hacerme creer que no hay nada entre tu cómplice y tú. No pienso permitir más engaños y malas intenciones en esta casa. Recoge tus cosas y vete.

## Capítulo 23

Henry se había quedado sin palabras.

—Escúchame, no sé de qué estás hablando —dijo Henry, levantándose de la silla—. Primero, no me dio tiempo a conocer a tu hermano. Segundo, encontré a Chelo en este mismo despacho cuando llegué el martes...

—Y tampoco llegaste ese día, sino el lunes.

—Tercero —continuó Henry, sin hacerle caso—. Si quería casarme contigo, es porque te amo, y eso lo sabes desde hace muchos años.

—Más concretamente desde que te comenté que tenía miles de hectáreas de tierra sembradas de viñedos.

—Estás predispuesta a pensar lo peor de mí. Sigue adelante con tu modo de ver las cosas. ¡Vamos! —gritó el inglés, sintiéndose presionado—. Ese jornalero con el que te estás entendiendo te manejará a su antojo y te sacará todo el dinero que pueda y más.

Sara contemplaba sus movimientos, gestos y reacciones tratando de obtener información que lo delatara como traidor.

—Toda la información que tienes sobre las timbas de póker es de tu amiguito Tomás —continuó, alzando la voz—. ¿Pues sabes algo? Le he escuchado hablar con otros trabajadores. Los intentaba convencer de cosas, de planes... En realidad, no entendí bien. Pero no parecía legal lo que les ofrecía. —Henry se volvió a sentar, estaba sudando, nervioso, y se pasaba la mano por la nuca en un intento de recordar lo que había escuchado en las bodegas—. ¡Ah, ya me acuerdo! Les prometía pagarles, bajo cuerda, más dinero del que se les debe.

»Óyeme, *honey*. Estás confundida y lo entiendo. En cierto modo, tu padre tenía razón, este mundo es para hombres, hombres como Tomás que están acostumbrados al trabajo duro, no a la falta de recompensa. En cuanto te descuides, te hará tanto daño como pueda, y volverás a Londres tratando de rehacer tu vida de nuevo.

—El que intenta confundirme eres tú —le contestó, tan serena que sintió orgullo propio.

—No, Sara. Yo intento abrirte los ojos. Durante la mitad de tu vida te han herido de muchas maneras diferentes, te han maltratado física y psicológicamente, te han abandonado... Entiendo que te estás aferrando a la única persona que te ofreció un poco de cariño en estas tierras. Si quieres buscar un culpable, hazlo; investiga tan a fondo, que no te quede la más mínima duda de quién es quién; solo así podrás sentirte a gusto contigo misma.

Henry salió del despacho dejando a Sara peor de lo que se encontraba media hora antes. No podía llevar razón. Había tratado de confundirla, eso era todo.

¿Por qué todo apuntaba siempre a Tomás? No era él. Ella lo sabía, lo sentía en el corazón.

Sara se acercó a la ventana. Desde allí podía ver viñedos hasta donde le alcanzaba la vista. Diferentes tonos de color verde y algunos tostados decoraban las hojas de parra que se dejaban acariciar por los colores amarillentos de los vagos de uva. Contrastaba a la perfección con el azul celeste del cielo. Sus pupilas se dilataban ante tanta belleza. Escoger al hombre adecuado era un asunto tan importante como inminente, pues de eso dependía el resto de su vida. Sin embargo, tenía una idea muy clara. Ella sacaría las bodegas Villagalvés adelante, les devolvería su antiguo prestigio y el poder que un día surgió de unas raíces fuertes, duraderas e inquebrantables, como su corazón, como sus raíces de mujer.

María entró en el despacho sabiendo que Sara debía de estar confundida y atormentada por las últimas palabras del inglés.

—¿Cómo puedo ayudarte, lucero?

—No lo sé, tata—dijo llorando.

—Mira, Tomás es mi hijo, pero la vida me ha enseñado a no poner la mano en el fuego por nadie. No voy a quitarle la razón al señor Henry solo porque está echando pestes sobre mi hijo. Lo conozco bien. Sé lo enamorado que estuvo de ti cuando erais niños y también la soledad tan inmensa en la que se sumergió cuando te sacaron de aquí —explicó.

—Te entiendo, de verdad, pero...

—Jamás ha tenido novia y siempre ha soñado con tu regreso —continuó María—. Si lo ha calculado o no para casarse contigo y hacerse dueño de todo esto, no puedo saberlo. Solo sé con seguridad que tu amigo inglés tiene razón en una cosa. Investiga. Henry tiene muchas cosas que ocultar y mi hijo, mucho dolor acumulado. Tú eres la única que puede acercarse a los dos y averiguar quién te está engañando.

—¿Te haces una idea de cómo está mi cabeza ahora mismo, tata?

—Lo entiendo. ¿Por qué no vas a hablar con tu padre? Quizá él pueda ayudarte a despejar las dudas.

—Tienes razón, tata. Voy a verlo.

Francisco estaba parado frente a la ventana del pasillo, donde lo había visto otras veces.

—Tienes cara de preocupada, mi pequeña lanzadera.

—No quiero equivocarme, papá.

—¿En qué podrías tú equivocarte?

—En confiar en el hombre adecuado.

—¿Me lo cuentas?

—Si Tomás es sincero y me quiere, tendremos un futuro como pareja, conoce las tierras y seguiríamos trabajando juntos. Si miente, tendré el corazón roto para el resto de mi vida.

—Nada es para siempre, cariño.

—Esto sí, papá. ¿No lo entiendes? En cuanto volví a verlo, lo supe. Siempre ha sido Tomás.

—¿Y el otro?

—El otro es Henry. Si él dice la verdad, las bodegas resurgirán gracias a sus conocimientos de enología, pero nada más. No siento nada por él y quedarme a su lado significaría que Tomás me ha destrozado la vida. No habría cabida para el amor.

—¿Qué piensas de cada uno de ellos?

—Quiero pensar que Tomás es sincero conmigo, porque de lo contrario mi corazón quedaría hecho pedazos y no quiero volver a sufrir, papá. Si Henry miente, es algo soportable. Pensaría que fue alguien que se acercó a mí por interés y podría vivir sin su amistad. Y el proyecto, bueno, buscaríamos otro enólogo y punto final.

Francisco se quedó un rato pensando.

—Dime algo, papá. ¿Qué piensas tú?

—No puedo ser objetivo. Conozco a Tomás desde que tenía pañales. Para mí es un gran hombre y sería un verdadero honor dejarte en manos de alguien como él. Si miente, voy a sufrir de la misma manera que tú —se sinceró—. Por el contrario, Henry no me ofrece ni un ápice de confianza. Lo veo constantemente saliendo y entrando de la habitación de Chelo, otra persona en la que no confío. Mira de una manera extraña, como si se sintiera superior a todos nosotros. Y trata despectivamente a Tomás y a su familia. No sé qué más decirte.

—¡Es increíble lo fácil que te resulta manejar a tu antojo a todos lo que te rodean! —gritó Chelo bajando por la escalera—. ¿Sabes que Henry está haciendo las maletas?

—Lo sé. Lo he echado de esta casa yo misma.

—¿Le vas a pedir lo mismo al jornalero? —preguntó con ironía.

—Esto no es asunto tuyo, Chelo, deberías...

—Por supuesto que lo es —la interrumpió, dándole un empujón que Sara no se esperaba—. Henry es mi amigo y no voy a permitir que lo eches como si fuera un perro.

—Ni se te ocurra volver a empujarme, ¿me oyes?

—¿Quién te crees que eres? —Chelo no le hizo el menor caso—. Esta casa también es mía y puedo decidir.

—¿Perdona? ¿Cómo que esta casa es tuya también?

—Bueno, vivo aquí, ¿no? Así lo quiso mi marido y lo puso bien claro en el testamento.

—Dime una cosa, Chelo. ¿Por qué querría mi hermano que vivieras aquí? Si él pensaba que Henry y yo contraeríamos matrimonio y viviríamos en esta casa, ¿qué ibas a hacer tú aquí?

—¿Por qué crees que Raúl pensaba que os casaríais?

—Eso fue lo que le pidió Henry en la timba de póker, ¿no? Que me dejara a mí como benefactora para casarse conmigo.

—Todo lo contrario. Le pidió que me pusiera a mí y el muy cerdo se negó. Por eso quise demostrar que no eras una Villagalvés.

—¿No me has dicho que no conocías a Henry? —Sara sintió que tenía un as bajo la manga. «¿Sería así como se sentían los jugadores de póker?», pensó feliz.

—Yo...

—Entonces tú sabías lo de la timba. Conociste a Henry antes de que muriera tu marido.

—No, yo...

—Pues que te quede claro que Henry le pidió expresamente a Raúl que me incluyera a mí. Era conmigo con quien quería casarse y a ti te daría de lado en cuanto lo hiciéramos.

—Eso no es cierto. El me ama.

—Él no ama a nadie y me lo acaba de demostrar —declaró Sara.

—Juro que te haré pagar por esto. —Las palabras de Chelo estaban tan cargadas de ira que Sara sintió escalofríos.

Saltando los escalones de tres en tres, Chelo volvió a subir las escaleras mientras recordaba el día que entró en el despacho y vio a Henry de pie, frente a ella.

Sara había salido del despacho y él estaba cotilleando los documentos que se encontraban esparcidos por la mesa. Ella se quedó parada en la entrada, sintiendo el placer de verlo en persona.

—¡Henry! ¿Qué haces aquí? —le preguntó eufórica, incapaz de contener la alegría que sentía.

—Shh. No grites. Alguien podría escucharte —fue la única respuesta de él.

—No me importa. Solo quiero abrazarte. ¿Cuándo has llegado?

—Hace un momento, ¿qué haces? —A Henry le incomodó su acalorado recibimiento y le apartó las manos del cuello.

—Saludarte, ¿acaso no puedo?

—¡Pues claro que no! Aquí no. ¿Qué pasa con el testamento?

—El muy imbécil de mi marido le ha dejado todo a ella. Ya le he enseñado la carta. Sabe que es una bastarda. No se quedará con lo que es mío..., perdón, nuestro —rectificó.

—Las normas son claras. Solo heredan los Villagalvés. Tienes que dejar eso para otro momento.

—¿Cómo que dejarlo? Ella no es una Villagalvés.

—Tú tampoco. Así que, si se impugna el testamento, nos quedaremos sin nada. ¿Entiendes? Tú que vas a entender, si eres una...

—¿Una qué?

—¡Chelo! No te esperaba aquí. ¿Ya os conocéis? —Ese fue el segundo que utilizó Sara para interrumpir su reencuentro.

«Han pasado tantas cosas desde aquel día», pensó Chelo, parada frente a la puerta de la habitación de Henry.

El inglés preparaba las maletas con furia en sus movimientos. Todo había salido mal. En algún momento Sara, había descubierto la relación que existía entre su cuñada y él.

«La muy necia se ha dejado sorprender, seguro», pensó.

Trató de recordar los ratos que habían pasado juntos.

La mañana que se manchó los pantalones de vino entró en la casa para cambiarse de ropa y encontró a Chelo en el pasillo.

—Vaya, caballero inglés, veo que ya ha hecho de las suyas en las bodegas —dijo Chelo, riéndose a carcajadas.

—Shh, ¿qué te pasa? Pueden oírte y sospechar.

—¿Sospechar?

—Que nos conocemos, estúpida.

—No me insultes, ¿vale?

—Escucha, necesito hablar contigo. ¿A dónde podemos ir?

—Ven por aquí.

Chelo lo cogió de la mano y lo llevó hasta su habitación. Una vez dentro cerró la puerta. Él se quedó de pie, en medio del cuarto, viendo cómo aquella hermosa mujer se acercaba a él de forma insinuante.

—¿Qué haces? Ni se te ocurra —dijo Henry, tratando de disuadirla.

—¿Por qué me apartas? ¿Tan satisfecho te tiene esa pija? —Chelo se había quitado un suave pañuelo de seda azul que llevaba atado al cuello y se lo colocó a Henry. Con fuerza lo atrajo hacia ella. Después, lo soltó y comenzó a quitarse la blusa—. La última vez que estuvimos juntos no te quejabas tanto.

—No estamos en un hotel, ¿okey? Podrían descubrirnos.

En cuanto Chelo se despojó de su camisa, volvió a coger uno de los cabos del pañuelo que le había puesto a Henry en el cuello y lo lanzó hacia la puerta. Sus cuerpos se pegaron de tal forma que ambos tuvieron que acoplar sus respiraciones. Chelo lo besó profundamente, con besos intensos, y arqueó la espalda para tener un mayor contacto con su piel masculina. Henry trataba de hablar, aunque lo que ella menos necesitaba en esos momentos era conversación. Se sentía seca. Seca de caricias, de besos, de atenciones... y de otras muchas cosas.

Con un sutil giro de sus cuerpos, Henry la lanzó sobre la cama y le rodeó el trasero con sus enormes manos. Comenzó a subirle la falda hasta que se la dejó enrollada en la cintura. Chelo lo besaba frenéticamente mientras le desabrochaba los botones de la camisa y se la sacaba del pantalón. Los dedos de Henry manipularon sus braguitas para no desperdiciar un solo segundo; era prisionero del hambre que sentía por aquella mujer.

Volver a sentir la pasión de Chelo era un regalo para la piel y el alma. Cuando sus cuerpos alcanzaron el clímax, ambos se recostaron sobre el cabecero de la cama.

—No te imaginas cuánto lo echaba de menos. Por aquí no hay hombres como tú.

—Lo sé —contestó Henry mientras se fumaba un cigarro—. Tenemos que hablar.

Ese día Henry trató de disuadirla para que no impugnara el testamento, pero Chelo se percató de sus verdaderas intenciones. En varias ocasiones alzó demasiado la voz y alguien pudo escucharla. Tuvo que reducirla a besos para que se quedara tranquila.

Chelo estaba a punto de tocar la puerta, cuando recordó la promesa que le hizo Henry para evitar que le contara la verdad a su cuñada:

—Puedo comprarte una casa en el pueblo. ¿Te gustaría? —le había preguntado Henry—. Iría a verte todos los días y estaríamos juntos; nos gastaríamos el dinero que nos diera la gana. No te preocupes. Recuperaremos lo que nos pertenece en cuanto ponga esto en funcionamiento. ¿Qué te parece?

—¿Nos pertenece? Más bien, me pertenece a mí. —La expresión de ira en los ojos de Henry la hizo estallar de risa—. Es broma. Pero una cosa te digo muy en serio: no quiero que te cases con ella.

—Solo sería un papel firmado, eso es todo. Mi corazón ya está entregado, es tuyo y jamás será de nadie más. —La besó de forma tan apasionada que casi la dejó sin respiración. Después, comenzó a vestirse.

—Esa mujer es manipuladora y egocéntrica. Terminará arrastrándote a su terreno sin que te des cuenta. El día menos pensado, te tendrá comiendo de la palma de su mano.

—No lo hará. Deberías confiar un poquito más en mí. Sé muy bien lo que quiero. Soy más difícil de manejar de lo que crees.

«Nada ha salido como tú esperabas», pensó Chelo.

La puerta se abrió y Henry salió con dos maletas en las manos.

—No quiero que te vayas —susurró Chelo—. Eres lo único que tengo.

—Todo acabó, ¿no te das cuenta?

Henry bajó las escaleras, escuchando las súplicas de Chelo. En el pasillo, Sara sujetaba la silla de ruedas de su padre y lo miraba con expresión triste.

—Me voy —dijo él con un hilo de voz.

—Haces bien —respondió Sara—. Se acaba de aclarar todo y, si no quieres que llame a la policía y le cuente tus planes con mi hermano, será mejor que cojas el avión y no vuelvas nunca.

—Algún día te darás cuenta de lo que intenté.

—Sé muy bien lo que intentaste. Por suerte, no lo conseguiste. Puedes llevarte a Chelo, si quieres. A lo mejor entre dos ladrones puede haber un futuro.

—Raúl me permitió quedarme en esta casa y así lo haré. Tengo todo el derecho del mundo a pedirle a Henry que se quede conmigo.

—Puedes quedarte en esta casa, pero el testamento decía que no podías hacerlo con un amante —aclaró Sara—. Además, no te dejó ninguna ayuda económica. ¿Cómo piensas mantenerte?

—Mi vida no te importa.

—Engañaste a mi hermano con este hombre, planeasteis entre los dos quedaros con todo y vivir a su costa. Si te quedas aquí, tendrás que pagar lo que consumas, ¿me oyes? Todo lo que consumas, hasta el agua que bebas. No vas a disponer de un solo euro, así que tú sabrás cómo quieres mantenerte aquí. —El coraje que sentía Sara estaba dividido a partes iguales. Los dos iban a pagar caro sus pretensiones como no salieran pronto de allí. Quería la casa limpia de escoria y, si no lo conseguía sola, llamaría a la policía.

—¡Eres despreciable! —gritó Chelo.

—Me han herido tantas veces, que ya he aprendido a cicatrizar las heridas antes de que se produzcan.

—Que tengas suerte, Sara. Siento lo que ha ocurrido —dijo Henry cogiendo su equipaje y saliendo de la casa.

Chelo se quedó sin saber muy bien qué hacer y, con ira en los ojos, entró en su habitación.

—Creo que acabas de aclarar la situación, pequeña —dijo Francisco.

Sara abrazó a su padre y las lágrimas resbalaron por sus mejillas, permitiendo que diminutos arcoíris se reflejaran en las redondas gotas.

—Todo se ha arreglado, papá. Tomás no ha tenido nada que ver. Sigue siendo el mismo hombre del que me enamoré.

—Lo sabía. Te quiere mucho.

—Y yo a él.

Sara corrió hacia las bodegas en busca de Tomás, pero no lo encontró por ningún sitio. Los nervios disfrutaban a su antojo y sentía el estómago hecho una pasa. Necesitaba urgentemente encontrarlo para aclarar la situación. Cuando salía de la sala de barricas, encontró a un jornalero.

—Genaro, ¿sabes dónde está Tomás?

—En la parte norte del riachuelo, señorita. ¿Quiere que lo mande a llamar?

—Por favor. Dile que lo espero en casa.

Hacía casi una hora que Sara se había recostado en el cabecero de la cama y aguardaba con afán la llegada de Tomás. El tiempo de espera hizo mella y se quedó dormida. De pronto, sintió un tierno beso en la mejilla que le hizo abrir los ojos. Vio a su amado de cuclillas, frente a ella, con la mejor de sus sonrisas en los labios.

—¿Me vas a explicar a qué vino tanta euforia esta mañana?

—Siempre me has dicho la verdad.

—Pensé que eso ya lo sabías. ¿Te diste cuenta hoy? —Tomás cogió la mantita que Sara tenía a los pies de la cama, la colocó sobre el edredón para no ensuciar nada y se acostó cerca de ella para abrazarla como si no hubiera un mañana.

—Lo siento. Has estado en la lista de los peores hombres de mi vida durante un corto periodo de tiempo.

—¿Corto? La noche de ayer se me hizo eterna. No me dejaste subir, ¿recuerdas?

—Lo sé. No estaba bien.

—¿Me cuentas qué ocurrió? —pidió Tomás.

Sara se colocó sobre su pecho y exhaló una bocanada de aire como si su mente expulsara un mal recuerdo.

—Raúl no pensaba dejarme las bodegas a mí. De hecho, ni siquiera sé cómo iba a redactar su testamento, pero... No pensó en mí ni por un segundo.

—Entonces, ¿cómo...?

—Lo coaccionó Henry. Lo he echado de casa.

—Lo he visto salir hace rato.

—¿Me abrazas?

—¿Más?

—Más todavía. Que apriete, que apriete mucho.

Tomás rodeó con fuerza a Sara mientras permitía que le contase lo que había averiguado sobre el inglés y sus dudas con respecto a él.

—¿Creíste que estaba organizando un complot a tus espaldas para quedarme con todo? —preguntó Tomás tras darse cuenta de la explicación que le acababa de dar—. ¿Eso pensaste de mí? ¿Llegaste a verme como un vil chantajista?

—Perdóname. Entiende que estaba confundida y no quería equivocarme.

—¿Por qué no escuchaste a tu corazón?

—Eso hacía y todo el tiempo me decía que no podías ser tú.

—¿Qué vas a hacer con Chelo? —preguntó intrigado Tomás—. ¿Crees que, a pesar de lo que le has dicho y lo que ha pasado, aún seguirá aquí?

—Henry se ha ido y era el único que le daba dinero. En cuanto se le acabe, se irá, seguro. Lo que haga después es asunto suyo. Me mintió, igual que él. Y engañó a mi hermano.

—¿Qué pasará ahora con el proyecto de las bodegas?

—Lo llevaremos a cabo con otro enólogo —aclaró Sara—. Mañana mismo me pondré con ello.

—Los jornaleros están trabajando la mar de bien. Hemos eliminado toda la plaga y estamos empezando la vendimia en verde. En cuestión de semanas, la calidad de la uva será excepcional. La recogeremos y obtendremos unos buenos beneficios.

Sara sentía que la felicidad inundaba sus pulmones.

—El señor Vargas ha enviado la respuesta al proyecto, me lo contó Henry antes de irse. Nos conceden el préstamo que necesitábamos, Tomás. Ahora solo es cuestión de trabajar, y trabajar duro.

Tomás la besó de forma tan apasionada que dejaba claras sus intenciones con ella. La amaba y eso era algo tan transparente como su corazón.

—Todo saldrá bien —la animó—. Eres una mujer muy inteligente que ha sabido manejar las dificultades de la vida de una manera extraordinaria. Estoy seguro de que, dentro de pocos años, el prestigio de las bodegas Villagalvés será sello de reconocimiento en muchos lugares del mundo. Y todo se deberá al esfuerzo y la valentía de una mujer con raíces fuertes y profundas.

—No hubiera podido recuperar mis tierras, mis raíces y mi corazón de no haber sido por ti.

Sara miraba a Tomás como si el tiempo no hubiera pasado, como si continuara siendo la niña de trece años que pasaba las horas soñando con verlo.

—Desde niño, supiste ver en mí la mujer que soy ahora y creo que ese poder ha vivido dentro de mi alma durante todos estos años.

—Siempre supe que podrías con todo —susurró Tomás.

—Hasta el árbol más solitario y dañado es capaz de buscar la fuerza interior para crecer, pero necesita cuidado y apoyo para seguir dando su fruto. —Sara se había incorporado mientras hablaba, para que Tomás sintiera la verdad de sus palabras y el amor de su corazón—. Quédate conmigo y construyamos el mejor hogar para nuestros seres queridos.

—Desde que tengo uso de razón sé que mi destino camina junto al tuyo. Cambiaste de escenario, pero continuaste en la obra. Ahora has vuelto y levantaremos de nuevo el telón. Queda mucha historia por delante.

Y así fue.

# BIOGRAFÍA

Luisa García Martínez (Badajoz, 1973). Soy maestra de Lengua Extranjera. Desde siempre he compaginado estudios o trabajo con mi pasión por escribir relatos, varios de ellos con premios que me motivaron y me apoyaron. No podría decidirme entre escribir fantasía o romántica, pues los dos géneros me satisfacen por igual.

Mi primera novela publicada, *Pórtico de cruce,* me arrancó más de una lágrima al ver cómo niños a los que siempre les cuesta enfrentarse a una historia corta, leen mi novela en un abrir y cerrar de ojos. Continuamos la historia con *Guardianes de Arkanshía,* donde nuestros queridos protagonistas, Eidyn y Dana, se ven envueltos en un problema que atañe al todo el planeta. Con esta nueva entrega vuelvo a ofrecer la posibilidad de disfrutar de la fantasía, vivir nuevas aventuras, crear sueños y aprender a hacerlos realidad.

Con el pseudónimo: L. G. Regina, escribo cuentos relacionados con emociones, sensaciones y problemas de la vida cotidiana. Mi primer cuento publicado se titula: ¿Debo despedirme?, una historia que trata sobre la pérdida de un ser querido.

Disfruto hablando de lo que me gusta en mi blog: https://fantasialg.blog, donde se pueden encontrar información sobre fantasía y pautas para leer y escribir. Te espero por allí.

## PUNTO DE VENTA:

Puedes encontrar «Raíces de mujer» en Amazon.

## PRÓXIMO PROYECTO:

#projectoelclubculinario, una novela romántica donde los protagonistas mezclan sus pasiones con recetas de cocina.

## ¿Cómo puedes ayudarme?

Te agradecería mucho que dejaras tu opinión en Amazon, Goodreads o en redes sociales.

Puedes encontrarme en varias redes sociales:

Facebook: Luisa García

Instagram: Luisagarciam2

Twitter: @LuisaGarcia_M

Blog de escritura: https://fantasialg.blog

## AGRADECIMIENTOS

Aprovecho este espacio para agradecer la constante ayuda que me han prestado mi cuñado **Juan Leandro Romero** y mi hermana **Loli García** en cuanto a los conocimientos sobre el vino.

A mi amiga del alma, **Mari Carmen Cárdenas**, por su entusiasmo al escucharme hablar de «Raíces de mujer», por su interés y por hacer de lectora cero. Mira si seré pesada que conseguí que tú también escribieras. Gracias.

A mi correctora, **Celia Arias**, que ha hecho un trabajo excelente, no solo de corrección, también compartió ideas de mejora. Además me regaló su amistad y al final, eso es lo que vale. Gracias.

A mi **familia**, que siempre me apoya.

A mi **María Xiqing**, por posar como modelo de mi portada.

Y por supuesto**, a mis lectores**: gracias por darle una oportunidad a esta novela, por vuestro interés y por el tiempo que de forma indirecta habéis compartido conmigo.

## REGALO PARA MI LECTOR/A

Quiero agradecerte tu confianza con algo más que palabras. Mi mayor pasión después de escribir es el scrap y para esta novela he hecho unos marca páginas preciosos que puedes ver en esta foto:

https://drive.google.com/open?id=18aX6Mu4mwpvQ onW1FudSG1hzp_SCu2Iq

Si quieres hacerte con uno de estos escríbeme al correo:

galui30@gmail.com

y te lo mandaré sin problemas.

Gracias de nuevo por tu tiempo.

43237474R00153

Printed in Poland
by Amazon Fulfillment
Poland Sp. z o.o., Wrocław